余命一年の転生モブ令嬢のはずが、美貌の侯爵様の執愛に捕らわれています

「さて、今宵最後の特別出品のお品となりました。伝説の人形師リーベンデイルの作品『宵闇の少女』です。その出来栄えの素晴らしさから、愛と美の女神ディーナが命を吹き込んだとも言われる伝説の人形です」

オークショニアの朗々とした声と共に、真夜中のオークション会場の壇上が強い光で照らされる。光の中に、重厚で煌びやかな椅子に座る美しい少女の姿が浮かび上がった。

「瞳に埋め込まれたパパラチアサファイアは、誰もが一目で魅了される最高級の一品です。さあ、紳士淑女の皆様、奮ってご参加ください。一千万レプタから」

オークショニアの声に続いて、客席から幾人もの声と札が上がった。

波打つ青紫色を帯びた銀糸の長い髪、透けるように白い肌、高すぎない細い鼻に、見る者を誘う艶っぽい薄紅色の唇。

肝心の瞳は繊細に織られた薄絹で覆われているが、その一枚の布の存在が、少女をより一層神秘的に見せていた。

最高級の等身大ビスクドールのような、儚くも美しい生きた少女の姿を前に、競り合う客たちの色と欲を含んだ醜悪な熱気が高まっていく。

「さあ、白磁の仮面の紳士から、八千八百万レプタが出ました。他にはいらっしゃいませんか？」

強い光に照らされた壇上で、少女は競り上げられていく自分自身の値段に、不愉快さを感じずにはいられなかった。

少女が内心顔をしかめた、ちょうどその時。

「一億！」

甘いテノールが会場に響く。聞き慣れたその声に、少女は無意識のうちに安堵の吐息を零した。

客席の最奥で、顔の上半分が隠れる銀狐の仮面をつけた青年が、扉を背に右手で札を上げている。

会場のざわめきが、一段と大きくなった。

「ありがとうございます。銀狐の仮面の紳士が、宵闇の少女に一億レプタです。さあ、皆様……」

「一億一千万」

シンプルな白磁の仮面を付けた中年の男が、オークショニアの言葉を遮る。

しかし間を置くことなく、銀狐の仮面の青年は、「五億」と美しくよく通る声で告げた。

「五億レプタが出ました。皆様……」

オークショニアの声に重ねるように、白磁の仮面の男が、苦々しげに掠れた声を絞り出す。

「ろ、六億」

「十億」

躊躇《ためら》いなく高値を告げる銀狐の仮面の青年の声に、会場中がざわりと揺れる。客たちの視線が、青年と競り合う白磁の仮面の男に向けられた。

男は手に持った札をきつく握りしめていたが、数秒後、肩を落として札を置いた。

その姿をちらりと確認したオークショニアは、再び声を上げる。

「十億レプタが出ました。さあ、紳士淑女の皆様、他にお声はございませんか？　十億です」

ざわめく客席をオークショニアが見渡した。

「……ございませんね。それでは銀狐の仮面の紳士が十億レプタで、『宵闇の少女』を落札となります！」

高らかに響く落札の声と共に、オークショニアが手に持つ小木槌《ガベル》を「カンッ」と強く打ち鳴らした。

オークション終了後の喧騒の中、壇上の光が落とされる。同時に客席全体が明るくなり、オークショニアから来客への礼が告げられた。

会場内に残る熱気をかき消すかのように、銀狐の仮面の青年は落札された少女を冷ややかに見据える。

『リーベンデイル』の作品として競売にかけられた少女は、背筋に冷たいものが走るのを感じ、ふるりと小さく体を揺らした。

『リーベンデイル』は、百年以上前にまるで生きているように見える美しい人形を作った、伝説の人形師だ。現代に残る彼の作品は希少で、とてつもない高値で売買される。

しかし、『リーベンデイル』の人形に、『愛と美の女神ディーナが命を吹き込んだ』と続くと、その言葉が指す物は違ってくる。

誰の目から見てもとても美しい、生きた人形のような愛玩奴隷を意味するのだ。

奴隷制度が存在しないこの国で、十年程前から愛玩用の奴隷売買の隠語として用いられる言葉だ。

そして、愛玩奴隷として売られた被害者たちは『リーベンデイルの生きた人形』と呼ばれている。

たった今リーベンデイルの生きた人形として競売にかけられた少女は、十九歳のアリヴェイル伯爵令嬢、アリシティア・リッテンドール。

そして少女を落札した銀狐の仮面の青年は、アリシティアの最愛で最悪の婚約者、ルイス・エル・ラ＝ローヴェルだった。

彼は社交界で『神の最高傑作』と言われる美貌を持ち、先王の血を引く、二十歳の若き侯爵だ。

＊＊＊

『僕のことはルイスでもエルでも、君が好きな方で呼んで。ねえ、僕も君のことをアリスって呼んでもいい？』

それは、アリシティアがまだ幼かった日の出来事。

キラキラと木漏れ日が差し込む色鮮やかな庭園で、アリシティアは息を呑む程に美しい少年と出会った。

『ええ、どうぞ。……エル？』

『ふふっ、ありがとう。アリスの瞳の色って、創世神話に出てくる女神様と同じ色だね。すごく綺麗だ』

幼いアリシティアの頬に小さな手のひらを当てたルイスは、嬉しそうにその瞳を覗き込み、蕩けるような甘い笑みを浮かべた。

けれど、幼い二人の愛おしい時間は長くは続かなかった。

ルイスが十一歳、アリシティアが十歳の嵐の日。運命に定められたままに、惨劇は起こった。

あの日をアリシティアは忘れない。

『君が父上と母上を殺した！　僕は君を許さない！　もう君の顔なんて二度と見たくない！　大っ嫌いだ！　今すぐ僕の前から消えて!!』

心を切り裂かれたように泣きながら叫ぶルイスは、傷だらけのアリシティアに告げた。

あの日以降、二人を包む優しい世界は時を止めた。あまりにもあっけなく、全ては無惨に崩れ去った。

そしてその後八年間、ルイスの世界から、アリシティア・リッテンドールという存在は、完全に消し去られた。

＊＊＊

オークション終了後、従業員がアリシティアを運ぼうとするのを遮り、ルイスはアリシティアを抱き上げた。そのまま従業員に案内された控室にアリシティアを連れていき、簡易的な寝台の上にぞんざいに転がす。

雑に扱われたアリシティアは、眉間に皺を寄せた。

だが、そんな彼女の表情など気にも留めず、ルイスは強引にアリシティアの目から薄絹をはぎ取った。

薔薇色と朱色を混ぜ合わせた夜明けの空のような女神の瞳が、ルイスを見据える。

「こんばんは、愛しの婚約者殿。闇オークションは楽しかった？」

甘い声とは裏腹に、目元に冷たい色を浮かべたルイスは、不機嫌にアリシティアを見下ろす。

あからさまな嫌みを口にするルイスを、アリシティアは睨みつけた。

(楽しい訳ないでしょ)

ルイスを怒らせた理由には、心当たりがある。けれど、そもそもアリシティアが闇オークションにかけられた原因は、間違いなくルイスだ。正確には、彼の想い人である王女のせいである。ルイスがしっかりと王女を抑えていれば、アリシティアが仮面舞踏会で誘拐されて、愛玩奴隷として競売にかけられることなどなかったというのに。

「こんばんは、侯爵閣下。体は全く自由に動かせないし、最悪の気分です。もし私が客で、競売にかけられたのが閣下なら、とても楽しめたでしょうけど。残念です」

人形として競売にかけるために飲まされた怪しげな薬のせいで、体には力が入らず、ほとんど自由に動かせない。けれど、とりあえず声は出せる。

自分をぞんざいに扱う最愛で最悪の婚約者を睨みつけながら、アリシティアは皮肉げに答えた。

「そう。僕も誰かさんのせいで、こんな時間まで働かされてすごく不愉快だ。ねぇ、わかってる？僕がもう少し遅ければ、君は今頃チェーヴァ伯爵……、君を落札しようとして最後まで残っていた白磁の仮面の男だけど、彼に落札されてたんだよ？　君も知っているよね、チェーヴァ伯爵が口には出せないような嗜虐《しぎゃく》趣味を持っているって噂は」

話しながら、ルイスは寝台の上のアリシティアのスカートを、勢いよくめくり上げた。

柔らかな足と同時に、下着まで丸見えになる。

「ああ、やっぱり……」

ルイスの視線がアリシティアの左太ももを捉える。そこには十数枚の書類がストッキングとガーターベルトで固定されていた。

右足の太ももに巻かれた革の鞘《シース》がついたベルトには、暗器である短剣が収められている。

ルイスはアリシティアの左足から書類を抜き取り、そこに書かれた内容を確認した。

それはアリシティアが盗み出した闇オークションの招待客名簿と、過去に落札された愛玩奴隷の売買契約書だった。

「ねぇ、君が見つけた書類はこれで全部？」

ルイスは書類の束からアリシティアに、鋭い視線を移した。

「確認した限り、ここにあった書類はそれだけです。この闇オークションの主催は新参の組織のようで、裏社会の他の組織との繋がりや、古い記録は見つかりませんでした。……ねえ、それよりも先にスカートを下ろしていただけませんか？」

レースの下着にガーターとストッキングまで、全て丸見えの状態だ。アリシティアは不快感と共に不満を口にする。

そんなアリシティアを一瞥《いちべつ》して、ルイスは再び書類に視線を戻した。

「僕は全く気にしないよ」

「気にしてください。それに、私は気にします。これでも一応恥じらいはありますので」

文句を言うアリシティアを横目に、ルイスは寝台横の小さなテーブルに書類を置いた。

「恥じらい？」

ルイスは目元を覆う銀狐の仮面を、乱暴に外す。

そして、アリシティアの顔の横に片手をつき、覆いかぶさるように、その夜明け色の瞳を覗き込んだ。

「足くらいで今更？」

「淑女に対して『足くらい』って、失礼ですね」

「そもそも、恥じらいがある子は、闇オークションにわざと誘拐されて、見せ物になったりしないよ」

「わざとな訳ないでしょう」

ルイスの言葉に咄嗟に反論するも、事情を知る者からすれば、アリシティアが自分から誘拐犯の手に落ちたことは明らかだった。

ルイスのプラチナブロンドがさらりと揺れ、少し長めの襟足が、左側の首筋から前に零れ落ちる。緩やかなカーブを描いた前髪は、ほんの少し垂れた目元にかかっていた。

細く高い鼻筋に、薄い唇。その顔は十二分に甘く整い、彼の天上人のごとく人間離れした美しさは、誰をも魅了する色香を纏《まと》っていた。

寝台に乗り上げたルイスは、書類を巻きつけていたアリシティアの左足を持ち上げ……。突如その内ももに噛みついた。

「痛っ！」

反射的に声を上げると、不機嫌な顔をしたルイスが、アリシティアにぐっと顔を寄せる。耳にかけた柔らかい癖のあるプラチナブロンドがサラリと下りてきて、アリシティアの頬をくすぐった。

「ねえ、僕の可愛いお人形《ドール》さん。仮面舞踏会で君はわざと連れ去られ、ここで招待客名簿と過去に落札された少女たちの売買契約書を見つけた。つまり、君には自由に動ける隙があったってことだよね？」

「……それが何か？」

「にもかかわらず、書類を見つけ出した後、君は逃げなかった。その上、体の自由を奪う薬を大人しく飲み、自らの意志で競売にかけられた。いくら君でも、競売に使われている薬を飲めば動けなくなると、わかっていたよね。ねぇ、ドール。なぜ君はこんな危険なことをしたの？」

ルイスは全てを見透かすような怜悧な瞳で、腕の中のアリシティアを見下ろす。

ルイスが口にした『ドール』という呼び名は、アリシティアの名字であるリッテンドールからとった、ただの愛称ではない。

王家の影――王族に仕え、諜報や暗殺など、表に出せない仕事を担う者――たちの組織、『影の騎士団』を統べる王弟から、伯爵令嬢としての表の顔と影としての裏の顔、二つの顔を持つアリシティアにつけられた偽名だ。

そして、王弟の後継者として育てられ、将来影の騎士団の長となるルイスは、影としてのアリシティアをドールと呼ぶ。

「心外です。私が自らの意志で巻き込まれた訳ではありません。不可抗力です」

「へぇ？」

アリシティアの白々しい言葉に、ルイスの唇が冷ややかにひずんだ時、にわかに部屋の外が騒がしくなった。

幾人もの悲鳴と、激しく金属を打ち合わせる音が聞こえる。

「何？」

アリシティアが驚きに目を見開く。

「ああ、第三騎士団が来たみたいだね」

第三騎士団は、王都の治安維持を担当している。第三騎士団が来たということは、この闇オークション組織に、一斉捜査の手が入ったことを意味する。

小さく舌打ちしたルイスは、体を起こしアリシティアのスカートを直した。それとほぼ同時に、乱暴に扉が開く。

扉を開けたのは、剣を構えた年嵩《としかさ》の騎士だった。中にいるのが王の甥であるルイスだと気づいた騎士は、急いで手に持った剣を鞘に仕舞う。

「失礼しました、ラローヴェル侯爵閣下。こちらにいらっしゃるとは思わず……」

一歩引いて姿勢を正した騎士に、ルイスが首を横に振る。

「かまいません。それよりオークション関係者の方はどうなりましたか？」

「組織の者の捕縛は、ほぼ完了したと思われます。ただ、何人かには逃げられたようで、建物の中と周囲を第三騎士団で捜索中です」

アリシティアの存在を無視して続けられる会話に耳を傾けながら、アリシティアは眉間に皺を寄せた。

(さっき、なんで私は噛みつかれたの？)

アリシティアはルイスの背を睨みつけた。

いつものことではあるが、ルイスの意味不明な行動は、アリシティアを苛立たせる。

不機嫌なアリシティアをルイスはさりげなく自分の体で隠すと、アリシティアの足から抜き取った書類を騎士に渡し、部屋から出した。

扉に鍵をかけて、簡易寝台まで戻ってきたルイスは、転がされたままのアリシティアの横に腰掛けた。

アリシティアを見下ろす視線はやたらと冷たい。

「ねえ。君のその可愛い頭はただの飾り？　アリヴェイル伯爵令嬢が闇オークションにかけられたなどと噂になれば、伯爵令嬢として、大きな醜聞となる。そしてそれは、君と婚約している僕と、ラローヴェル侯爵家にも影響する。いつも言ってるけど、もっと考えて行動してくれない？」

一息に言い切って、ルイスは気怠《けだる》げに息を吐き出した。

アリシティアの婚約者は、今日も今日とてそれはもう美しく、吐き出す吐息にまで色気がある。

その圧倒的な美貌を前にすると、多くの令嬢は、ついつい張子の虎のように首を振って、言われるがまま全てを受け入れたくなるだろう。だが……

（じゃあ、自分が王女の恋人候補っていう噂はなんなのよ。あれだって、私という婚約者がいると世間に周知されていたら、十分な醜聞なのに。私の存在感が皆無なおかげで、醜聞になってないだけでしょ。私の存在感のなさに感謝しろ！）

蠱惑的《こわくてき》で甘ったるい顔に過剰な色香を纏《まと》う婚約者に、アリシティアは心の中で罵詈雑言《ばりぞうごん》を並べる。

もちろん、口に出しはしないが――

アリシティアとルイスの婚約は、ごく一部の貴族にしか知られていない。

ルイスは十一歳から八年間、アリシティアを完全に拒絶して、存在しないもののように扱ってきた。たとえ同じ場所にいても、言葉を交わすことも、視線が絡むこともなかった。

そんな関係が変わったのは、アリシティアが十八歳になった日。八年間完全にアリシティアをいないものとして扱ってきたルイスが、突然アリシティアを呼び出したのだ。

『僕の可愛い婚約者殿。君が色事も扱う影になると、叔父上に約束したと聞いたのだけど、それは本当？』

それが、八年ぶりにルイスからかけられた言葉だった。

その日以降、ルイスとの関係は大きく変わった。理由はとても単純で、十八歳になったアリシティアに、色を使う影としての教育が始まり、その指南役に、婚約者であるルイスが選ばれたから。

とは言え、ルイスがアリシティアと話すのは今のように周囲に誰もいない二人きりの時だけだし、ルイスの言葉はやたらと意地悪で嫌みで陰湿で、ついでに説教も多い。

もちろん、周囲に人がいるところでは、今まで通りアリシティアはルイスの視界には入ってはいない。

(子供の頃は天使のように美しくて甘くて優しくて可愛かったのに。それがなぜ、こんなに陰険で腹黒に育ってしまったのか……)

アリシティアは視線を薄汚れた天井に向け、嘆息した。

言われっぱなしは癪《しゃく》なので、一応反論を試みる。

「今夜の仮面舞踏会で、誘拐犯が待ち構えている庭園に私を連れ出したのは、あなたの大切なエヴァンジェリン王女殿下の指示を受けたインサーナ子爵令嬢だということをご存じですか？」

「……知っている」

「月夜にしか咲かない花を私に見せてあげてほしいと、エヴァンジェリン殿下がインサーナ子爵令嬢にお願いし、私からは断れない状況が作り出されたのです。そして私は、インサーナ子爵令嬢に人気のない庭園の奥に連れていかれた。だけどそこには、仮面舞踏会が開かれている邸の庭園にはいる筈のない誘拐犯が待ち構えていたのです」

「……それで、君がわざと誘拐された理由は？」

「断れなかったのだから、わざとではないです」

「君なら相手が手練《てだ》れの暗殺者や騎士でもない限り、その場で倒せただろう？」

「か弱い令嬢に、そんなことができる筈ないでしょう？」

「か弱い？　誰が？」

ルイスはアリシティアを見下ろして、含みのある笑みを浮かべた。

「失礼ですね。何にせよ、今夜の件は全てにおいて用意周到で、あらかじめ計画された組織的な犯行のように思えました。どこかで聞いた話のように――」

アリシティアの言葉が示しているのは、ここ最近王都で連続して起こっている、奇妙な令嬢誘拐事件のことであると気づいたのだろう。ルイスはほんの一瞬ではあるが、苦々しげに眉根を寄せた。

「……君のその口ぶりだと、一連の令嬢誘拐事件とエヴァンジェリンの間に、何らかの関わりがあると言っているように聞こえるけど？」

（はぁ？　お姫様を庇うの？）

アリシティアは、吐き出しそうになった言葉を必死に飲み込んだ。

「……私はあくまでも客観的な事実と、個人的な考えを申し上げたまでです。それより、あなたの大切なお姫様はきっと今頃、自分が親切心から夜の庭園に私を案内させたせいで私が誘拐されたと、悲劇のヒロインのごとく泣いていらっしゃるのでは？」

「それが何？」

ルイスの声はどこか冷え冷えとして、わずかな苛立ちが感じられた。

「きっと今頃、お姫様はあなたが慰《なぐさ》めに来るのを待っていると思います。急いで、会いに行ってさしあげてはいかが？」

（この最低男！）

王女を庇うようなルイスの発言に、最後の一言はなんとか飲み込んだものの、つい嫌みを吐き出してしまった。

わかっている。ルイスにとって、王女は特別な存在だ。

ルイスがアリシティアを拒絶して、完全に視界から消し去った十一歳の時からずっと……

少年のルイスが負った深い深い心の傷をそばで癒したのは、誰よりも純粋で穢《けが》れを知らない王女で、そんな王女に少年のルイスは恋をした。

王女といる時のルイスは、いつも蕩けるような甘い微笑みを浮かべ、彼女を見守っている。

寄り添う二人に、アリシティアは声をかけることも、自分から近寄ることもできない。

長い間、ルイスの視界にアリシティアは存在しなかった。今でも公《おおやけ》には視線を向けられることすらない。

ルイスがアリシティアを八年ぶりに呼び出したあの日以降も、ルイスのそばに王女がいる限り、ルイスとアリシティアの視線が交わることはない。

王の甥であり若き侯爵であるルイスは、王女とのその親密さから、彼女の恋人候補の一人と噂されている。社交界ではその美しく純粋な恋物語が、ここ数年注目を浴びていた。

(婚約者がいるのに、何が純粋よ)

そう毒づいても、アリシティアは、いまやすっかり社交界から忘れられた存在だ。十九歳の今なお社交界デビューを引き延ばしているし、十歳以降お茶会にも出ていない。

社交嫌いで仕事一辺倒の父を持ち、数多くの伯爵家の中で序列にすると中の中くらいの立ち位置の家の、世間的にはひきこもりの娘。

モブと言うに相応《ふさわ》しい、目立たない中途半端な立ち位置だ。ルイスとの婚約の書類を貴族院に提出したのも十年近く前で、誰も覚えていないのだろう。

それにひきかえ、見る者を魅了する絶世の美貌を誇る若き侯爵と、純粋で可憐な王女殿下。二人の恋愛事情に、社交界の注目が集まるのは必然なのかもしれない。

――八歳の時に思い出した、前世で読んだ小説のように。

＊＊＊

アリシティアには前世の記憶がある。前世の彼女は日本人で、この世界は前世で読んだ小説の中の世界に、似通っていた。

とは言っても、現実と小説の内容には決定的な違いがあるため、全く同じ世界とは断言できないのだが……

何にせよその小説は、とにかく面白く、とても人気があった。だが、登場人物たちの悲惨な過去に絡んで、所々に陰鬱《いんうつ》で救いのないシーンがあったり、お話の中盤で早々に主要キャラが死んだりと、とにかくファン泣かせの作品だった。

ちなみに、中盤で死ぬ主要キャラとは、まさに今、誰をも魅了する美しすぎる顔で、不機嫌にアリシティアを見下ろしている男だ。

アリシティアはと言うと、本編終了後の番外編に名前のみ登場するが、その時にはすでに死んでいるモブ中のモブであり、全くもって重要ではないため、ここでは省略する。

アリシティアは小説の内容を思い出して、ため息を吐きたくなった。

＊＊＊

簡易的な寝台の上から、ルイスはアリシティアを見下ろした。

「ねぇ。いい加減影の騎士団なんて、やめれば？　伯爵令嬢である君がそんなことをする必要なんて、何一つないんだから」

普段の甘い雰囲気はかき消され、不機嫌そうな声と冷たい視線がアリシティアに注がれる。

「前にも言ったと思いますが、私が王家の影となったのは、王弟殿下と私が結んだ契約です。関係のない閣下は、私の行動に口出ししないでください」

「僕は君の婚約者だから、口を出す権利はある筈だよ」

ルイスの言葉に、アリシティアはくすりと笑った。

「ふふっ、八年間完全に私をいないものとして扱い続けて、今もお姫様の前では私のことなど見えてもいらっしゃらないのに？　そんなあなたが婚約者の権利を主張するなんて、おかしな話ですね」

アリシティアの皮肉に答えることなく、ルイスは別の問いを口にした。

「……なぜ君は、叔父上と契約してまで、影の騎士団にいる必要があるの？」

「それに関しても、私個人の事情ですので、閣下には関係のないことです」

きっぱりと拒絶するアリシティアに、ルイスはそれ以上の質問はしなかった。

小さくため息を吐き、ポケットの中からピンク色の液体が入った小瓶を取り出す。

「魔女殿から貰った解毒剤だ。これを飲むと三十分程で、君が飲まされた妙な薬の効き目は消えるらしいよ」

「え、嫌です。何を材料にしているかわからない魔女の薬なんて、絶対飲みたくありません。イモリの目玉とか、蝙蝠《こうもり》の睾丸《こうがん》とか入ってたらどうするんですか」

「効果があるなら、材料なんて気にしないよ。これに懲《こ》りたら、次からはわざと誘拐されるような真似はやめるんだね」

小瓶の蓋を開けたルイスは中の液体を自らの口に含む。そして躊躇《ためら》うことなくアリシティアの唇に自分の唇を重ねた。

閉じていたアリシティアの唇を、ルイスは舌先で優しく舐める。アリシティアの体から力が抜けた瞬間、ルイスの舌がぬるりと口内に侵入し、わずかに開いた唇の隙間から、甘ったるい液体がゆっくりと流し込まれた。

コクリと数度喉が鳴り、アリシティアが薬を飲み込んだことを確認し、ルイスは唇を離した。

そのまま体を起こして、彼はアリシティアの姿を見下ろす。ルイスの瞳には、熱も情欲も、何も感じられなかった。

（強いて言えば、怒り……か）

アリシティアが小さくため息を吐いた時、再び唇が重なった。

ちゅっ、と音を立てて少し離れたかと思うと、すぐにまた唇が重なり、角度を変えてどんどん深くなっていく。わずかに開いた隙間から、舌がねじ込まれ、アリシティアの舌を絡め取る。

くちゅりと水音が響き、ルイスの舌先が巧みにアリシティアの口内を弄《もてあそ》んだ。舌が絡みついては舌先をくすぐり、唾液が絡まり合う。

ゾクゾクとする感覚が、アリシティアの全身を駆け巡った。

口内の粘膜を擦り合わせるだけの行為なのに、下腹部に得体の知れない熱が集まり、疼《うず》き出すのを自覚する。

わずかに離れたアリシティアの唇から甘い吐息が漏れた時、ようやく唇が解放された。

「なんで……？」

アリシティアの問いに答えは返ってこない。

視線が絡まる。目を逸らしたくても逸らせない程に美しい瞳が、アリシティアを見つめていた。

見つめ合っていたのはほんの一瞬なのか、それとももっと長い時間だったのか……

角度を変えて、再びルイスの唇が合わせられ、差し入れられた舌が口蓋を舐めて歯列の裏をなぞる。

「ふっ……ん……」

ルイスの手が、アリシティアの頬から首筋をなぞり、胸の膨らみをゆっくりと持ち上げるように揉みしだいていく。

合わさった唇からは淫靡《いんび》な水音が絶えず響く。ルイスの指先がアリシティアのドレスの胸元を引きずり下ろした。

コルセットに押さえられていた胸が勢いよく溢れ出し、薄く色づいた突起が存在を主張する。その突起を指先でつまんで押しつぶすように捏ねられ、アリシティアは目を見開いた。甘い疼《うず》きに狂いそうになる。

「ふっ、ああっ……」

塞がれていた唇が解放された瞬間、小さな嬌声が室内に響く。ルイスはアリシティアの上唇をペロッと舐めた後、顔をずらして胸元にいくつものキスを落とし、胸の突起を舌先で突いた。

「ねえ、体の自由を奪われて、酷いことされたりしなかった？」

胸を揉んでいたルイスの右手が、いつの間にかスカートの中に入り込み、アリシティアの滑らかな太ももを撫で上げていく。

「んっ。酷いことは、今、あなたにされて……ます」

オークションの目玉となる商品に手を出す馬鹿はいない。

そう言いたかったが、鼻にかかる甘い嬌声にかき消されて、そこまで口に出すことはできなかった。

「うん、そうだよね。でも……」

囁くように話しながら、ルイスは甘い笑みを浮かべ、長い指で下着の上から割れ目をなぞる。溢れ出した蜜が下着に染みて、布越しなのにくちゅりと音がした。

アリシティアは恥ずかしさから耳を塞ぎたくなる。けれど、まだ薬が効いていて、腕すらも自由に動かすことはできなかった。

「んぁっ……。お願い、体が動かないの、辛いから……」

動かない体がもどかしくて、思わず涙が溢れ出す。

「どうして？」

「……だって、……すごく怖いのに、あなたを抱きしめられない……」

アリシティアの言葉に、彼女の胸の突起を弄《もてあそ》んでいたルイスは甘い微笑みを浮かべた。そして一度体を離すと、アリシティアの体をぎゅっと強く抱きしめる。

「そうだね……」

包み込まれた熱の心地よさに、アリシティアの体から、ふっと力が抜けた。

けれどたったの数十秒で、アリシティアの体を覆っていた熱は呆気なく離れた。熱を失った体が寂しく感じる。

ルイスの指は器用に下着を横にずらし、隠された部分をあらわにしていく。

アリシティアの体内から溢れ出した蜜を長い指先に絡めて、ぬるりと割れ目に沿って滑らせる。

やがて彼の指先はぷっくりと膨らんだ花芯を見つけ出し、親指の腹でくるくると愛で始めた。

刺激を受けたアリシティアの腰が小さく震える。

「ふぁ、ああっ」

ルイスは、体の動かないアリシティアの反応を確かめるように見つめている。やがて割れ目の周囲を何度も撫で上げていた指が、つぷりと中に差し込まれた。

「痛くない？」

「……い……たく……ない」

小さな問いに掠れた声で答えると、優しかった手の動きが激しさを増す。

ぐちゅぐちゅと指が何度も出入りして、彼女の中の感じる部分を強く擦り、官能を呼び覚ましていく。

「んっ、ああ……」

アリシティアの唇からは、押し殺したような嬌声が零れた。

「ね、あと少しだけ声を我慢して？　扉の外には人がいるから」

その言葉に、アリシティアの心臓が大きく脈打った。そんなことを言うならやめてほしいと切に願う。

だが、そんな彼女の様子を気にすることもなく、ルイスの長い指はさらに奥へ押し進み、内壁を確かめるように、ゆっくりと中をかき回し始める。

体が動かないせいか、アリシティアは敏感に指の動きを捉え、快楽を拾ってしまう。

アリシティアの中に差し込まれた長い指は奥深くを抉り、彼女の感じるところを何度も擦る。

その度にアリシティアの喉からは、殺しきれない甘く熱い声と吐息が零れていく。

ルイスは再び、舌先で彼女の胸の先を刺激する。アリシティアの中に埋め込んだ指とは別の指に溢れ出た蜜を纏《まと》わせて、花芯をなぶるように刺激した。

「んぁ……」

アリシティアの体はわずかに揺れるだけで、自由にならない。それが快楽と共に恐怖を呼び込んだ。いきすぎた快楽に、体が、脳が、犯されていく。

溢れ出た愛液はルイスの手だけではなく、自分の足までぐっしょりと濡らしているだろう。考えただけで、羞恥で顔が朱に染まった。

ルイスは少し顔を上げて、花芯を弄《もてあそ》ぶ指にぎゅっと力を入れた。瞬間、動かないはずの腰が反射的に大きく跳ねて、四肢が強張《こわば》っていく。

何かに縋《すが》りたくても、手が動かない。涙が溢れ出す。そんなアリシティアの体をルイスが強く抱きしめた。

「大丈夫、抱きしめている」

耳に唇が触れて、甘い声が響く。ぞくりと背中を快楽が駆け抜け、理性が壊れる。

「あああっ……」

頭の中が真っ白に爆《は》ぜた。

背中が反《そ》って全身がぴくぴくと震え、やがて、固まっていた四肢が弛緩《しかん》した。

詰めていた息を吐き出したアリシティアは、しばらくの間荒い呼吸を繰り返しながら、朦朧《もうろう》とした状態でルイスを見上げる。

「達《い》った？　自分の意思で体は動かなくても、反射反応はあるし、声も普通に出せる。痛みもない。ただ、感覚がいつもより鋭く恐怖心があるのは、体が動かないせいなのか、それとも……」

（そっか、薬が体に与える影響を確認してただけなのね……）

ルイスの独り言のような言葉を耳にして、アリシティアはルイスに期待した自分の愚かさを笑いそうになった。

アリシティアの唾液に濡れた唇を、ルイスの綺麗な親指がなぞり、涙が溢れた目元にキスを落とす。

ルイスはアリシティアの全身を軽く拭い、手早くドレスを整えた。

体はルイスの熱に犯されたままで、離れていく熱に縋《すが》りつきたくなる。だが、未だ指先すら自由には動かなかった。

「部屋の入り口には護衛をつけておくね。目立たない馬車を用意しておくから、体が動くようになったら邸に帰って休んで。わかっているとは思うけど、人に顔を見られないように。あと、早急に叔父上に報告して」

淡々と告げるルイスに文句を言いたかったが、反論するのをやめた。

心の中で、自分は精神的にルイスなどより遥かに大人だと言い聞かせる。

これ以上傷つかないように。

肉体年齢に精神年齢が引っ張られることがないように。

……でなければ、復讐なのか、気まぐれなのかはわからないが、こんな、抱き人形を弄《もてあそ》ぶような扱いは、きっと耐えられないから。

「……わかりました」

了承したアリシティアを見て、ルイスは彼女の両目を手のひらで覆う。

「少しだけ眠って」

言われるがまま、アリシティアは目を閉じた。

「いい子」

ルイスはアリシティアの額にキスして立ち上がり、扉の鍵を開けた。当然、薬が効くまでの三十分間だけでも付き添ってくれたりはしないらしい。

「閣下はこれからどこへ行かれるのですか？」

徐々に薄れる意識の中で、言いようのない虚しさを感じる。それでも消えることのない小さな期待から、わかりきっていることを問いかける。

「王宮」

短いルイスの答えに、アリシティアは胸に強い痛みを感じた。

身動きの取れない婚約者を放置して、アリシティアの最愛で最悪の婚約者は、恋するお姫様のところへ行くのだろう。

ありふれた恋愛小説では、婚約者に裏切られた女性は、即座に見切りをつけて、なんだったら復讐さえしてみせて、新しい生き方を見つけていく。

彼女たちに、どうすればこの恋心を殺せるのか教えてもらいたい。

叶わない恋などしたくない。

報われない愛など捨ててしまいたい。

なのに、体を重ねる度に淡い期待を抱いてしまう。ルイスの行為が、恋とは別のものだと知っているくせに。

ゆっくりと沈みゆく意識の中、アリシティアは深く息を吐き出す。それは常よりも、どこか乾いて響いた。

部屋から出て行くルイスが扉を閉める音を聞きながら、アリシティアは胸の痛みに蓋をする。

「大丈夫。まだ大丈夫」

小さく呟き、アリシティアはそのまま意識を手放した。

扉を閉める寸前、ルイスはわずかに振り返り「おやすみ、僕の眠り姫」と呟いていた。

けれどその言葉が、彼女に届くことはなかった。

＊＊＊

控室を出て扉を閉めたルイスは、自身に付いている影の名前を呼ぶ。

「ノル、いる?」

「は～い。お呼びですか」

通路の陰から姿をみせた黒髪の少年は、血に濡れた剣を手に、屈託なく微笑む。

「アリシティアの護衛を頼む。部屋には絶対に誰も入れないで。無理に入ろうとする奴がいたら殺していいよ」

「了解で～す。ねぇ、アリアリはぁ？」

「動けるようになるまで、眠らせた」

「薬でも盛ったの？」

「内緒。多分三十分くらいで目覚めると思うけど、一時間経っても中から出てこないようなら、扉を叩いて起こして。でも中は見るな。勝手に部屋に入ったりしたら、お前でも殺すよ？」

ルイスの言葉に、ノルと呼ばれた少年はケラケラと笑い声をあげた。

「えー、相変わらず心狭すぎ～。そんなに心配なら連れて帰ればいいのに」

「うるさいな。そのまま邸に帰れるなら、僕だって連れて帰りたいよ。できないから言ってるの。頼んだからね」

「はいはーい」

「『はい』は一回。語尾は伸ばさない」

「はーい。ねぇ、今からどこ行くの？」

「王宮」

「あー、後始末かぁ。アリアリに意地悪したご令嬢のこと、殺しちゃだめだよ？　王弟殿下に怒られちゃうからね」

「善処するよ」

「本当かなぁ。俺、とばっちりで怒られるのやだからね」

「わかってるよ。アリスをよろしく」

黒髪の少年に軽く手を振って、ルイスは未だ悲鳴と剣戟《けんげき》の音が響く通路の奥へと姿を消した。

＊＊＊

使用人の姿もまばらな早朝の王宮。

広い廊下を一人歩いていたアリシティアは、美しい彫刻が施された重厚な扉の前で足を止めた。

冷えた空気を吸い込み、ノックをする。

「アリシティアです」

アリシティアは中から返事が返ってこないことを祈るが、室内からは間を置くことなく「どうぞ」と返事が聞こえた。

思わず舌打ちしたくなるが、ぐっと堪えて扉を開く。

「おはよう、アリス。薬を盛られたと聞いたけど、体調は？」

まだ大半の文官が出勤していない時間帯だというのに、この執務室の主である王弟は、部屋の最奥で書類片手に優雅に珈琲《コーヒー》を飲んでいた。その隣には、秘書官の姿もある。

国王の異母弟であり、王家の影を統べる王弟は、まだ三十四歳という若さだ。

「おはようございます、王弟殿下、フェデルタ様。体調は問題ありません。ご心配をおかけして、申し訳ございませんでした。それにしても、なぜこんな朝早くから仕事をしていらっしゃるのです？　平時であるのに始業時間を守らない上官は、部下に嫌われますよ」

「こんな朝早くから尋ねてきた君には、言われたくないね。それに、その部下っていうのは、君のことだろう？」

わずか九歳で、自ら王家の影になることを望んだ少女の不遜な態度を咎めることなく、王弟はくすりと笑う。鮮やかな金髪にルイスと同じタンザナイトの瞳、どこか気怠《けだる》げな表情は妙に退廃的で、浮世離れした大人の色香を纏《まと》っていた。

ただ、彼はその麗しい外見からは想像できない程、王族としての非情さと冷酷さを持ち合わせている。

「もちろんです。この執務室に王弟殿下がいらっしゃらなければ、私は殿下に叱られることなく、自邸に帰って眠れたのに」

飄々《ひょうひょう》と答えるアリシティアに、王弟の隣に立つ秘書官のフェデルタは、呆れたような表情を浮かべた。

「嫌なことを先延ばしにしても、結果は何も変わらないでしょうに」

秘書官の言葉に、アリシティアは肩を竦《すく》めてみせた。

「仕事であろうが義務であろうが、面倒なことや嫌なことは、可能な限り先延ばしにしたいじゃないですか。それに忘れたふりをしていたら、そのうちなかったことになるかもしれないし」

「それはないな」

「ないですね」

カップを口に運ぶ王弟に続き、秘書官までもが、アリシティアの言葉を否定する。

不満げに押し黙るアリシティアを横目に、王弟は書類を置き立ち上がった。

「影の騎士団の一員の言葉とは思えないな。だが、理想の上官である優しい私は、まずは部下の言い分を聞いてあげよう」

視線でソファーを示されて、アリシティアはしぶしぶと腰を下ろした。

「それで？　なぜ君は私の許可なくわざと誘拐なんてされたのかな？　私は君に、一連の令嬢誘拐事件について調べろとは言ったが、囮《おとり》になれとは一言も言っていないよ。君の勝手な行動のせいで、情報収集のために泳がせていた組織を一つ、早々に潰すことになってしまった。自分が何をしたか、わかっているよね？　君のせいで、この私が第三騎士団と警吏の長官から文句を言われるんだよ？」

王弟は嫌みったらしく、アリシティアの失敗を強調する。

「……わざとではありません」

アリシティアはうつむき、叱られた子供のように、モゴモゴと言い訳した。

確かに王家の影として訓練されたアリシティアにとって、昨夜の誘拐犯程度であれば、自分の身を守り逃げることは容易《たやす》かっただろう。

けれどアリシティアは逃げないことを選択した。令嬢誘拐事件について、ほんの少しでも手がかりがほしかったのだ。

「アリス、私は影として動く君の自由を許した。けれど、命の危険がある時は別だ。君は正体のわからない誘拐犯にあえてついて行ったばかりか、オークションでの奴隷売買のための薬まで飲んで、自分の身を危険に晒した。それだけじゃない。あの闇オークション会場には監視中の貴族も多くいた。君の不用意な行動で、予定外に彼らを捕らえることになり、多くの人間のこれまでの仕事が無駄になったんだ」

口調こそ柔らかいが、王弟の声には底知れぬ冷たさと、威厳に満ちている。

「申し訳ございませんでした」

アリシティアは、深く頭を下げた。

令嬢誘拐事件は、ここ最近、王都の水面下で問題になっている事件だ。貴族令嬢が誘拐され、そして、多くの令嬢は数日後何もなかったかのように、解放される。

だが被害にあった貴族たちは、娘の体面を守るため被害を訴え出ることはなく、事件は表沙汰にならない。王家はこの件を重く見て、影たちを使い事件を秘密裏に調べていた。

「謝罪より、理由が聞きたいね」

「私が連れ出された先の庭園に現れた誘拐犯たちが、私を見て、『これなら高く落札されるだろうな』と言ったからです」

王弟はアリシティアの言葉を遮ることなく、視線だけで先を促す。

「王都で起こっている一連の誘拐事件で、誘拐された令嬢の結末は二つ。身代金が支払われた形跡もないのに、数日、長くとも一週間程で、何事もなく家に返されるか。もしくは……」

「闇オークションで売られるか」

「そうです。家に返されず、闇オークションにかけられた令嬢は三人。私は今まで、犯人たちが身代金以外のなんらかの取引を行うために、誘拐事件を起こしているのだと思っていました。だから、闇オークションにかけられたイレギュラーな令嬢たちは、家族がその取引を拒絶したのだろうと。けれど、私を誘拐しようとした男たちは、アリヴェイル伯爵家と取引する様子はなく、元々私を闇オークションにかける気でいました」

アリシティアの説明に、王弟はふむと考え込む。

「庭園にいた誘拐犯たちと一連の誘拐事件の犯人を同じだと考えたなら、奇妙ではある。だが、君の事件はそれとは関係ないのでは？　昨夜の件はエヴァンジェリンが単純に君個人を排除しようとした、単独の事件と見るのが妥当だと思うが」

「確かに、昨夜の件はお姫様が私を排除しようとして起きたのだろうとは思います。ですが、お姫様が、私を『リーベンデイルの生きた人形』として、競売にかける理由は？　周到な計画を立ててまで私を誘拐させ、さらには私を闇オークションにかけるなんてことを、世間を知らないお姫様本人が考えつくとは思えないんです」

「入れ知恵した者がいると？」

「だって、普通なら、誘拐したとしても、殺すか、陵辱させるかではないでしょうか？　私なら殺します」

アリシティアが淡々と言うと、王弟はわざとらしく肩を竦《すく》めた。

「君は時々恐ろしいことを言うね」

「そうでしょうか。そもそも、誘拐当日に闇オークションにかけることは、闇オークションに関わりが深い人間にしか無理でしょう？　組織側だって、オークションに深く関わっていない人間が誘拐してきた令嬢を、その場でオークションにかけたりはしないはず。それこそ囮《おとり》かもしれないのだから。どう考えても、お姫様とは無縁の世界でしょう？」

「それで、君はあえて誘拐されてみた訳か」

「お姫様に入れ知恵をしている人間と、一連の令嬢誘拐事件に繋がる何かがあるなら、調べてみたかったんです」

アリシティアは神妙な顔で答えた。

令嬢誘拐事件はアリシティアが王家の影となった要因である。小説の中のルイスが命を落とす原因だからだ。

アリシティアは、どんなことをしても、ルイスが王女を庇って死ぬ建国祭までに、この事件を解決したかった。

原因を排除できれば、ルイスが殺されることはない筈だから。

「……エヴァンジェリンについては、こちらで調べてみよう。君はこの件に深入りしすぎている。それで、わざと誘拐されて、他に何かわかったことは？」

「あの書類に書いてあること以外は、何もわかりませんでした」

王弟の執務机の上の書類を、アリシティアは視線で指し示す。それはアリシティアが昨夜、闇オークション会場で盗み出し、先程王弟が読んでいた書類だった。

「それでさらに深入りして、怪しげな薬を飲んでまで、愛玩奴隷として競売になんてかけられた訳か」

「申し訳ございません」

再び頭を下げたアリシティアを見て、王弟はふっと短い息を吐く。それと共に、張り詰めていた室内の空気が和《やわ》らいだ。

「まあいい。君へのお説教はこれくらいで許してあげよう。だけどルイスにはしっかりと謝罪して、礼を言っておくように」

「は？」

安堵したのは一瞬で、アリシティアの口からは、令嬢らしからぬ低い声が漏れた。

「わざと誘拐された愚かな君のために、最愛の婚約者が君を救いに行っただろう？」

「確かに、十億レプタで私を落札して、嫌みな説教をしたあげく、動けない私を放置して大切なお姫様のところに行ってしまわれた、最悪な婚約者ならきましたね」

「十億レプタか、すごいね。王都に大邸宅が建つ金額だ」

王弟は組んだ足の上で頬杖をつき、意味深な笑みを浮かべた。

「元々支払うつもりがないからこそ、その金額なのでしょう」

「そうかな？　貴族として褒められたことではないけれど、あの子は君を取り戻すためであれば、全財産であろうがきっと差し出すと思うよ」

ありえない王弟の言葉に、アリシティアの心がすっと冷えていく。

「そんなこと、ある訳がないでしょう。私はあの嵐の日からずっと、ルイス様に嫌われているのに……」

いや、嫌われているだけではない。恨まれているのだ。

瞬間、アリシティアの胸の奥が、つきりと痛んだ。

自身の言葉に傷ついたかのように、表情を曇らせるアリシティアに、王弟は苦笑を浮かべる。

「君はルイスのために、全てを差し出したのにねぇ」

「殿下の仰っている意味がわかりません。ただ伯爵家に生まれたというだけの私には、人に差し出せる財産も地位も、何一つありませんでしょう？」

「だからこそ、幼い君は、ルイスのために君自身の人生を差し出して、影の騎士団に入ったのだろう？　この私を、それはそれは意味深な言葉で、籠絡《ろうらく》してまでね」

「そのようなことをした覚えはございません」

むっとするアリシティアを見て、王弟はその目をきゅっと細めた。

「初めて会った時の君は、全く捉えどころのない少女だと思ったよ。意味深なことを言うし、ついつい言葉の裏まで深読みしてしまったけれど、本当は至極単純で、ルイスのことしか考えていないだけだったのにね。ああ、それは今も変わらないか」

「……王弟殿下は、性格がお悪いですね」

揶揄《からか》うように笑う王弟を、アリシティアは睨みつけた。

＊＊＊

「アリス、僕の従兄弟と会ったことはある？」

色鮮やかな花が咲き乱れ、木立の隙間から光の粒が零れ落ちる美しい庭園の片隅で、その日、八歳のアリシティアは彼女の運命と出会った。

心地よい風が吹き抜ける初夏。アリシティアは幼なじみである第一王子アルフレードと共に、限られた者にしか入ることが許されない王弟の庭園に来ていた。

神々の住まう宮に咲くと言われる蓮に似た花々が咲く美しい池の横で、アリシティアが水面を泳ぐ魚を目で追っていた時、ふいに水面に影がかかった。

後ろから声をかけられ、振り向いたアリシティアの視線の先で、少年のプラチナブロンドの髪がさらりと風に揺れた。

瞬間、世界の時が止まったかのように、アリシティアは呼吸を忘れた。

アリシティアの記憶の欠片の中にしか存在しない筈の少年が、色鮮やかな世界で微笑んでいた。

——ルイス・エル・ラ＝ローヴェル。

アリシティアは生まれる前から知っている名を心の中で呟く。

それと共に、ずっと漠然と感じていた違和感の正体に気づいた。

（ここって、『青い蝶が見る夢』の世界だったの？）

アリシティアはあまりの衝撃に、小さな手のひらで口を押さえる。言葉を失い、目の前の少年から視線を逸らすこともできないまま、ただ見つめ続けた。

けれどそれは仕方ないだろう。

アリシティアの目の前には、前世の記憶の中で大好きだった小説の登場人物が、美しい笑みを浮かべて立っているのだから。

＊＊＊

前世の記憶の中にある『青い蝶が見る夢』という小説は、湖と森の王国と言われる緑豊かで美しいリトリアン王国が舞台となっている。

心に深い傷を負った三人の少年と、ずっと世間から隔離されこの世界の穢《けが》れを何一つ知らない一人の少女が、学友として引き合わされる場面から物語は始まる。

物語の主要人物は、同じ年に生まれたこの四人。

ヒロインであり、正妃のただ一人の子、王女エヴァンジェリン。

公爵家の三男で、後に近衛になって王女の護衛を務めるレオナルド・ベルトランド・デル・オルシーニ。

王の甥で、若くして両親を亡くし侯爵位を受け継いだルイス・エル・ラ＝ローヴェル。

そして、宰相の養子で天才的頭脳を持つウィルキウス・ディ＝ヴィドー。

三人の少年たちは、未来の王女の伴侶候補であり、それは王女の派閥をより強固にするための人選であった。

この四人の成長を追う形で、物語は紡がれていく。

舞台は青い蝶の舞う美しい世界。三人の少年たちは幼い頃に深く刻み込まれた心の傷を、世間知らずの王女の穢《けが》れのない純粋さに癒されながら、共に成長していく。

政治的な策謀や権力争いが主軸で、仄暗く残酷なシーンもあるのだが、本質的には切なく甘い、四人の恋と成長の物語。

……まあ、簡単に言うと、エヴァンジェリンをヒロインとした、逆ハーレム物である。

だがこの世界には、エヴァンジェリンのそばで常に陰から彼女を支え、守っていた宰相の義理の息子ウィルキウスが、なぜか存在しない。

そもそも宰相は養子をとっていないため、現実で物語が開始した時点で、主要人物の一人が欠けていた。

さらに王女とレオナルドの間には、護衛と幼なじみ以上の関係性は、見られない気がする。物語の中で、最終的にエヴァンジェリンと結ばれるのは、レオナルドの筈なのに。

そして、現実のエヴァンジェリンはというと、ただひたすらルイスだけに恋している。

物語の中の、無自覚三股要素など全くない。

（――ヒロインの逆ハー設定はどこに行ったのよ）

とはいえ、ウィルキウスが存在しないことと、主要人物の恋愛事情以外は、それなりに小説の通りに進んでいた。

それはつまり、アリシティアが何もしなければ、来年の建国祭には、物語通りルイスが王女を庇って死ぬ可能性が高いということでもある。

ちなみに、四人の中で婚約者がいるのはルイス一人だが、物語にはその婚約者は一切登場しないし、その存在が匂わされることすらない。

ただ、設定資料集のルイスの説明に一行、「十歳から婚約者がいる」と書かれているだけだ。名前も出てこない。

多分、ルイスの婚約者は、作者に設定自体を忘れられていたのではないだろうか。

その名前のない婚約者は、ルイスが王女を庇って死ぬ間際ですら、彼に存在を思い出してもらえない。

物語の世界では二十一歳で死ぬ運命のルイス。そして、ルイス本人からも忘れられているような、名前のない婚約者。

どうせ結婚もできない忘れられた婚約者になら、誰がなっても同じではないだろうか……

前世を思い出した八歳のアリシティアは、つい魔が差した。

(誰がなっても同じなら、私でもいいよね?)

本当に、つい。何となく思ったのだ。

婚約者ならルイスのそばにいて、この先にある残酷な彼の運命を変えられるんじゃない?

……と。

そして、番外編に名前しか出てこないモブの中のモブという分際でありながら、名前すら出てこない、忘れられた婚約者さんから、ルイスの婚約者という地位を奪い取ったのだ。

立場を奪った罪悪感はある。でもこれが最善なのだと自分を納得させた。

この先ルイスは王女と出会い、その純粋さと優しさに心の傷を癒やされ、そして恋をする。とても一途な、命さえも捧げる恋を。

けれど未来を知るアリシティアなら、ルイスが王女に恋をしたとしても、全てが予定調和だと割り切れると思っていた。

だって、アリシティアの前世は十八歳だったのだ。単純に足し算をすれば、アリシティアの精神年齢はもう大人だ。大人のアリシティアが幼いルイスに本気で恋することなど、ありはしない。

だからこそ、二十一歳でのルイスの死さえ回避できれば、ルイスとの婚約を解消して、ルイスをアリシティアという枷《かせ》から解放してあげられると思った。

当時のアリシティアには、『婚約』という形以外に、ルイスのそばにいて彼を守る方法が、思い浮かばなかったのだ。

たとえ物語と同じく、存在さえ忘れられたような形だけの婚約者になったとしても、ほんの小さな繋がりがあれば、少年のルイスに起こる悲劇を回避し、ルイスが死ぬ運命を変えられる筈だと思った。

小説のルイスが死ぬのは、彼が二十一歳になって三ヶ月後の建国祭。その日、ルイスは誘拐されそうになった王女を庇い、殺されてしまう。

できるなら、その誘拐事件そのものを未然に防ぎたい。

けれど、それが叶わなかった場合でも、建国祭の日のルイスに薬でも盛って、どこかに閉じ込めてしまえばいいのだ。それができるだけの関係性があればいい。

そう、そのはずだった。

だからこそ、アリシティアは名前のない婚約者から、その地位を早い者勝ちとばかりに奪い取ったのだけれど……

アリシティアは幼い日の自分の考えの甘さに、ため息を吐いた。

（精神年齢は、肉体年齢に引きずられるのか……）

前世の記憶を思い出した当初、前世で十八歳だったアリシティアと、現世の八歳のアリシティアは同時に存在していた。だが、どちらかと言えば前世のアリシティアの意識の方が強く出ていたのだ。そんなアリシティアからすれば、ルイスは完全に保護するべき子供だった。

アリシティアを見つけると駆け寄って、蕩けるような甘い笑顔で抱きしめてくる絶世の美少年だろうと、本気で恋することなどある訳はないと思っていた。

けれど気がついた時には、十八歳のアリシティアと八歳のアリシティアは完全に融合していた。アリシティアは前世の記憶を持つだけの幼い少女となり、優しくて甘い少年のルイスに恋をしていた。

そしてそのまま、嫌われても、憎まれても、八年の間視線を交わすことすら拒絶され、完全にいない者として扱われても、その恋心が消えることはなかった。

（強制力ってあるのかしらね……）

アリシティアは小説の結末に至るまでの、数々の悲劇を思い出していた。この小説は本当によく人が死ぬ。

小説の中で命を失う人たちの中には、アリシティアと親しい人も多くいた。

けれどここは現実世界だ。

実際に目の前で生きている人たちの死を、アリシティアは小説を読むように、簡単に割り切ることなどできなかった。

できるならば、物語の中で引き起こされる悲劇を、現実では見たくない。それは、ぬるま湯のような平和な世界で生きた前世を持つアリシティアにとっては、当たり前の感情だ。

けれど、どんな悲劇が起こるか思い出すことができても、それがいつどこで起こるかという詳細な記憶まではない。

そもそもが、詳細な日時など物語の中にほとんど書かれてはいなかった気がする。

アリシティアが明確に思い出せるのは、建国祭でのルイスの死と、物語のクライマックスである、王太子暗殺事件だけだった。

そんなあいまいな記憶のせいだろうか。アリシティアが必死に努力しても、助けられなかった人たちがいた。

前世を思い出した八歳のアリシティアが真っ先に思い浮かべたのは、幼いルイスに起こる悲劇だ。

ルイスが十一歳の時、ルイスの母である侯爵夫人が夫である侯爵を殺し、夫人自らも自害するという惨劇が起こる。

だが、その場所が王都のローヴェル邸の中の侯爵の私室だとわかっていても、明確な日付や時間帯がわからなければ、アリシティアには何もできない。

それでも、後のルイスの心にとてつもなく深く大きな傷を残すその事件を、アリシティアはなんとか食い止めたかった。だが、どう考えても子供の力ではどうにもならない。

だとすれば、誰かに頼るしかないと思った。

子供相手にでも柔軟な態度で接し、なおかつ、国を揺るがすような事件そのものを揉み消してしまう程の権力を持った人物。

幼いアリシティアが知る限り、そんな人物はただ一人しかいなかった。

＊＊＊

十年前のその日。

見上げた空は高く、薄い雲がゆっくりと流れていた。

王弟のためだけに存在する庭園には、花々が咲き乱れ、心地よい風が吹き抜ける。

その美しい庭園にこっそりと入り込んだ九歳のアリシティアは、小さなガゼボでうさぎのぬいぐるみを相手に、一人でお茶会を開いていた。そして偶然そこを通りかかった王弟を見て目を輝かせ、王弟の手を握り、おままごとのお茶会の場に引き込んだ。

「いらっしゃいませ。本日二人目のお客様ね。アリスのお茶会にようこそ。さあ、遠慮なさらずどうかお掛けになって」

小さな貴婦人に手を引かれた王弟は、うさぎのぬいぐるみの隣の席をすすめられた。

隣席のうさぎは、ぬいぐるみだというのに、最高級の革でできたベストを着て、王族御用達の店の片眼鏡《モノクル》をかけている。耳の間のシルクハットは、その小ささからは考えられない程に完璧で、とてつもなく腕のいい職人が作った物に見えた。

何よりも彼の興味を引いたのは、うさぎが首からかけている懐中時計だった。歯車が透けて見える精巧な物で、王族が持つようなとてつもない高級品だ。

高位貴族のように紳士然とした、ただのぬいぐるみ。

王弟が、甥の婚約者であるアリシティアに興味を持つには十分すぎた。

王弟はこの奇妙なお茶会にしばし付き合うことにし、少女に言われるがままに席に着く。

それを見たアリシティアは、満足げに微笑み、三客のカップを準備し始めた。

並べられたのはまたも見事なまでに美しい、異国のカップだ。それでも、子供のおままごとなので、中に注がれる物は水か何かだろうと王弟は思っていた。

だが、ポットの中の鼻腔をくすぐるその香りに、王弟は目を見開いた。

この国では流通していない筈の珈琲《コーヒー》をカップに注いだアリシティアは、銀のスプーンを添えて王弟に差し出す。

珈琲《コーヒー》は諸外国を遊学していた王弟が、貿易の盛んな大国で、初めて飲んで気に入った物だ。

「お客様がお好きだと伺って、ご用意いたしましたの。ぜひ召し上がってください」

「これは……珈琲《コーヒー》か？」

「ええ、その通りですわ。我が国には輸入ルートの難しさから、未だ仕入れている商会はありません。ですが、他国では茶葉よりも珈琲《コーヒー》を飲む習慣のある国も多いとか。この豆は各国を渡る船乗りの方に分けていただきましたの」

アリシティアは、お茶会に出ている貴婦人方のような口調や仕草を真似る。王弟に続いてうさぎのぬいぐるみと、自分の席の前に珈琲《コーヒー》カップを置いた。

そして自分の席についた後、子供らしいお芝居のような口調で、声を潜めながらこう続けた。

「ねぇお客様。お客様はリーベンデイルの生きた人形をご存じ？」

「リーベンデイルの生きた人形？」

「そう、伝説の人形師リーベンデイルが作った人形に、愛と美の女神が命を吹き込んだと言われる、とっても美しい少年や少女の姿をしたお人形のことですわ。まるで生きた人間のように動いてお話するそうですの。大きな声では言えないのですが、その生きた人形を、十三年程前に、この国で最も高貴な生まれの女性を妻に迎えた方が売買しているのだとか……」

アリシティアはお茶会で噂話をするご婦人のように、抑えた声で意味深に語った。

アリシティアの言葉の指し示す人物は、王弟の姉の夫であり、ルイスの父、ラローヴェル侯爵のことだ。

王弟はしばし沈黙し、やがて彼はアリシティアに向けて口を開いた。

「このお茶会は、誰に言われて開いたんだい？」

王弟の質問に、アリシティアはこてんと首を傾げる。

「誰にも。だってこれは、アリスとうさぎさんと、お客様だけの、秘密のお茶会よ？　ね、うさぎさん」

お茶会に参加するご婦人方の真似はやめて、アリシティアは子どもらしい口調で、椅子に座ったうさぎのぬいぐるみに微笑みかけた。

「君はルイスの婚約者だったよね？　何か、ローヴェル邸で見聞きした変わったことや珍しいことがあるなら、教えてくれる？」

その質問にアリシティアはにっこりと微笑んだ。

「あら、お教えすれば、ご褒美をいただけます？」

「……私にできることで、情報に見合った代価なら支払おう」

子供相手に真面目に答える王弟に、アリシティアはくすくすと笑った。

「アリスとお客様のお約束ね。そうね、変わったことと言えば……。そういえば、ルイス様にお会いするためにローヴェル邸に伺った時、侯爵様が使用人たちから隠れるようにお友達とお話ししていらしたわ。侯爵様は新しいリーベンデイルの生きた人形を手に入れたと仰っていて、もう少ししたら、手に入れたお人形さんをそのお友達に譲ってあげるよ、とも……」

「君はそのお人形を見たことはあるかい？」

「生きているように動くリーベンデイルのお人形？　見たことはないわ。でもね、いつもは見かけない、とっても綺麗な、人形のような男の子なら見たことはある。その子は、侯爵夫人がお出かけしている時に、どこにあるのかわからない内緒のお部屋から出されて、侯爵様のお部屋に連れていかれるの。だけどね、数時間したら、また内緒のお部屋に隠されてしまうのよ。もしかすると、その子がリーベンデイルの生きた人形を持っているのかもね」

あえて幼く話すアリシティアに、王弟は眉間に皺を寄せる。しばらくの間、考え込むように口を噤《つぐ》んだ。

「君が言っていることは、真実？　それとも君の空想？」

王弟の言葉に、アリシティアは少女らしい笑顔を消した。

完全な無表情になると、王弟の目の前の少女こそが、リーベンデイルの人形のようだった。

「お客様は面白いことを仰るのね。お茶会での会話の多くは、小さな噂話と推測で始まり、それが嘘であれ真実であれ、多くの人が信じたい話が、さも真実であるかのように広まるもの。噂話とは、蝶の羽ばたき程の小さな揺らぎ。けれどその、誰も気づかない程の小さな揺らぎが、誰かの人生を狂わせ、家を没落させ、やがては国を揺るがすかもしれない。全てはただの可能性。けれどその可能性を否定もできませんでしょう？」

アリシティアは言葉を切り、手のひらを上に向け、顔の前に持ってくる。そして、息を吸い込み何もない空間にふっと息を吹きかけた。

息は手のひらの上で金色の光の粒になり、光の粒は青い蝶へと姿を変える。

手のひらから、ひらひらと舞い上がった青い蝶を目にして、王弟は息を呑んだ。

よく見れば、周囲には同じような青い蝶たちが、優雅に羽ばたいている。

それは、創世の女神から特別に愛された者が与えられるという、祝福の力だった。

しばしの間、青い蝶の羽ばたきを眺めていた王弟は、ゆっくりと口を開く。

「それは、私が噂話に興味を持つかどうかによっても、その揺らぎの伝わり方が変わり、結果が大きく変わると？」

「さあどうでしょう。……これはただの、お茶会ですもの。お茶会の席とは、噂話に花を咲かせるものではありませんか？」

小さく息を吐き、アリシティアはブラックのままの珈琲《コーヒー》を口に運ぶ。

「……ああ、やっぱりミルクと砂糖を持ってくるべきだったわ。子供の舌には苦すぎる」

珈琲《コーヒー》を飲んだアリシティアは、不機嫌そうに手元のカップを睨んだ。

「……君は何者だ？」

「あら、お客様ったら。女の子の秘密を暴こうとなさるなんて、無粋だと思われませんか。秘密は女の子のアクセサリーですのよ？　――ねぇ、うさぎさん？」

アリシティアはうさぎのぬいぐるみに向かって、人差し指を唇に当てて、『しーっ』と囁いた。

「そうか。では、話を変えよう。君は先程約束した情報の代価に何を望む？」

王弟の問いに、アリシティアはにこりと微笑んだ。それはとても子供らしい笑みだった。

「そうですわね。では、私をあなたの影にしていただけます？」

「それは……」

目の前の少女の思いもしない要望に、彼は言葉をなくした。

「もう少し正確に言うならば、王弟殿下率いる、王家の『影の騎士団』の一員となる許可を私にくださいませ。私の持つ情報と、私自身の価値を認めていただけますのなら……」

凛とした少女の言葉に、王弟はアリシティアを見つめ、そして目の前の口をつけていない珈琲《コーヒー》を見る。

この国で一体何人が、自分が珈琲《コーヒー》を好むことを知っているだろうかと、彼は考えた。

また、甥であるルイスの婚約者と言えど、なぜ、大臣クラス以上の人間と、ごく一部の高位貴族、王族の護衛担当しか知らない王国の暗部の通称を知っているのか。

それだけではない。目の前の幼い少女は、それを率いているのが自分であることまで確信している。

何よりも、計算し尽くされたこのお茶会は……

蜘蛛の巣糸に絡め取られたような感覚に、彼の全身は粟立った。

とてもではないが、この小さな少女が計画したとは信じがたい。けれど……

「先程の噂を、君以外に知っている者は？」

「誰も知らない筈です。……無論、当事者以外は、ですが」

王弟はアリシティアの言葉にしばし考え込み、初めてカップを手に取った。銀のスプーンで中の珈琲《コーヒー》をくるりとかき混ぜる。

そして、珈琲《コーヒー》を一口だけ口に含み、ゆっくりと飲み下した。

少し冷めてはいたが、調和のとれたほろ苦さと、わずかな酸味が口に広がる。

「美味い……」

もしも、この少女の裏に糸を引く者がいるのであれば、その人物は王国を揺るがしかねない情報を、闇に葬るべきこととして、暗部のトップである王弟に伝えようとしているのかもしれない。

そのために、この少女とうさぎのお茶会という名の、美しい蜘蛛の巣は張り巡らされた。

己がまんまとその巣に引き寄せられ、完全に囚われたことを、王弟は自覚した。

しばし思案し、王弟は口を開く。

「影の騎士団に入った者が何をするか知っているか？」

「諜報、工作、暗殺、要人警護、時には娼婦のようなことも……」

娼婦の意味がわかるのかと、問おうとしたがやめた。たとえ何者かが裏で糸を引いているにしても、目の前にいるのは、見た目通りの幼い少女ではない。

「伯爵令嬢の君がそれを望むと？」

「ええ。それから、影としての私が自由に動く権限と、今後私が望めば、可能な限り情報をいただきたいのです」

「君の目的は？」

「いくつかありますが……。そうですね、一番の目的は、私の婚約者であるルイス様の将来への憂いを完全になくすこと。そして彼の身を守ること。どんな小さな揺らぎすらも消し去るように」

この少女は、この先ルイスになんの汚点も残さないように、今現在、ラローヴェル邸で起こっているであろう事件そのものを、完全にもみ消せと言っているのだ。

夜明け色の瞳を持ち女神に愛された娘は、創世の女神リネスから、叡智《えいち》や先読みの力を借り受けることができるという。そしてその娘たちは、数奇な運命をたどるとも。

もしもそれが真実なら……

王弟の答えは決まっていた。

結果として、アリシティアはいくつかの条件付きで、表裏二つの顔を持つ王家の影となる許可を得た。

全てはこれから起こる悲劇を食い止めるためであり、ルイスとアリシティアの命を守るためでもあった。

なぜならその悲劇は、侯爵と夫人の死だけでは終わらないからだ。物語の中で、事件を目撃した罪のない使用人たちは皆が皆、その姿を消した。

けれど、この先アリシティアが知ってはいけないことを知ってしまったとしても、王弟の影であればその身は守られる筈だ。

何よりも、これから先必要な情報を手に入れるため、アリシティアが影の騎士団の一員になることは必須だった。


アリシティアは、王弟の捜査が間に合うことを願った。そしてじきに起こるであろう惨劇を未然に防ぐために、少しでも情報を集めるべく、行儀見習いやら将来の侯爵夫人になるための勉強など、理由をつけて、こまめにローヴェル邸に入り浸った。

何か異変に気づけば、ルイスの母親である侯爵夫人を寝室に近寄らせないようにするつもりだった。

だが、あの嵐の日、その全ては無駄に終わった。

＊＊＊

九年前。立春を過ぎ、本格的な春の訪れも間近となった頃。

前日からの曇天は、昼を過ぎて酷く強い風を伴う嵐へと様相を変えつつあった。

朝から侯爵家に来ていたアリシティアはそんな天候の変化に気づくこともなく、分厚いカーテンに覆われた図書室の隅で、革張りのカウチソファーにうつ伏せに寝そべり、本を読んでいた。この王国の建国神話にまつわるおとぎ話で、古今東西よくある王女と平民の娘が入れ替わる話だ。

いつもであれば、ルイスの母である侯爵夫人のそばで、彼女から女主人の仕事を学んだり、一緒に刺繍をしたりしている時間帯だ。だが、その日夫人はご友人方と共に、新しい植物園のオープニングセレモニーに出かけていた。

ルイスはというと、なぜかカウチソファーに寝そべったアリシティアの背中の上に座り込み、首元から顔を出して、アリシティアの手元の本を読んでいた。時折、アリシティアの髪を弄《もてあそ》んだり、脈絡なく頬にキスしてきたりもする。

はっきり言って重いうえに、邪魔すぎる。

それでも、ルイスの行動は前世でアリシティアが飼っていた長毛種の猫と妙に似通っていて、無理に退かすこともできず、仕方なくそのまま放置していた。

だが、そんな静穏な時間は、唐突に終わりを迎える。

不意に大きな音がして、図書室の扉が開いた。

ルイスが本棚の陰から顔を出すと、そこには蒼白になった古参の侍女が立っていた。

「ルイス様、アリシティア様、良かった。ご無事で……ここにいらしたのですね」

肩で息をする侍女の手とスカートの裾は、ベッタリと赤黒い色に染まっている。それが血液であることは明白だ。

「何？　一体どうしたの？　何があったの？」

侍女の異様な姿に息を呑むアリシティアの前で、ルイスが侍女に問いかける。

「あ……あの、それが、お、奥様が、旦那様の寝室で、旦那様を何ヶ所もナイフで刺して、その後自らの首を切り自害を……」

短い悲鳴を上げたのは、誰だったのか。

アリシティアが事態を飲み込めず呆然としていると、突如ルイスが走り出した。

数秒遅れて我に返ったアリシティアも、その後を追う。

だが、侯爵の寝室の扉の近くで、ルイスは立ち止まった。

扉は開かれたまま、周辺の床は無数の血でできた足跡で、赤黒く染まっている。

そこはさながら、地獄へと続く道のようだった。

「だめ！」

思わず叫んだアリシティアは、動けなくなったルイスを壁へと押しつける。反動で座り込んでしまった体を、そのまま全身で押さえ、震える小さな手でルイスの目を塞いだ。

「見ちゃだめ」

この先は、前世で文字として読んだだけだが、アリシティアにはわかっている。目の前の部屋には想像を絶する惨状が待ち受けていると。

廊下まで広がった、おびただしい量の血から目が離せず、唇からカチカチと歯の鳴る音が漏れる。それがとてつもなく不快で、必死に奥歯を噛み締めた。今度はギリッと奥歯が鳴った。

全身に力を入れ、呼吸を整える。泣いても叫んでも、なんの解決にもならない。しっかりしなければと、自らに言い聞かせた。

なのに、恐怖に思考が鈍くなる。すぐそこに、地獄の深淵が迫っている気がした。

アリシティアの恐怖を感じ取ったように、ルイスが震える。その時、侯爵付きの執事が部屋から走り出してきた。

蒼白と言ってもいい顔で、荒い呼吸を繰り返しながらも、喉の奥から声を絞り出す。

「ここには、今いる使用人以外は誰も近寄らせるな。あ、あと、誰にも何も悟らせないように！それから……そうだ、医者をすぐに……」

今にも嘔吐しそうに口を手で押さえつつ、執事が指示する。けれど、それを聞いて思わずアリシティアは叫んだ。

「待って！　お医者様はだめ！　だってお二人はもう……」

――手遅れなのでしょう？

アリシティアはその先を飲み込んだ。

ルイスを押さえながら、アリシティアは血に濡れた廊下に立つ執事に目を向けた。

小説では、ルイスを捜しに来た侍女が侯爵の部屋を出た時には、二人はすでに事切れていた。

廊下にまで広がる程の大量の血を見るに、きっと現実でも部屋の中の侯爵と夫人は、すでに亡くなっているだろう。

執事ははっと我に返り、アリシティアたちからは見えない部屋の中に視線を向け、苦々しげに目を伏せる。

アリシティアは浅くなる呼吸を、無理やり抑え込んで執事に言った。

「今すぐ王宮に使いをやって。王弟殿下に『アリシティアが、真っ赤な絨毯《じゅうたん》の上でリーベンデイルの生きた人形を見つけた』と伝えて。そうすれば、すぐに……」

――来てくれる。

アリシティアの言葉に、執事は息を呑んだ。

降嫁したとはいえ、夫人が国王の妹姫であることに変わりはない。この惨劇は侯爵家どころか、王家をも揺るがす醜聞になる。

それはどう考えても、一執事の手に負える話ではなかった。ほんの少し対応を誤っただけでも、ここにいる全ての人間の首が飛ぶ。

だとすれば一刻も早く、侯爵夫人の弟である王弟を呼ぶしかない。

執事がそう結論づけた時、黒髪の大きな体の使用人が口を開いた。

「私が行きます。王弟殿下の元騎士ですので、王宮に顔が利きます。最短でおいでいただけるかと思います」

黒髪の使用人の言葉に、アリシティアは目を見開いた。目の表面を涙の膜が覆う。

王弟は得体の知れない子供の言葉を信用して、自らの影を使用人としてこのローヴェル邸に送り込んでいた。

その事実に、嗚咽《おえつ》が込み上げた。

「お願い……します」

アリシティアは黒髪の使用人に、縋《すが》るような視線を向ける。それに応え、彼は頷いた。

その時、茫然自失《ぼうぜんじしつ》で震えていたルイスが、弾かれたように声を上げた。

「待って、二人を死なせる気なの？　お願いだから、今すぐ医者を呼んで！」

「だめなの。手遅れなの。お願いだから、ここでじっとしていて。何も見ないで」

「手遅れかどうかなんて、わからないだろう!?　放してアリス!!」

ルイスは喉が切れそうな程の悲痛な叫び声を上げる。アリシティアを押しのけようと腕を振り上げた。

それでもアリシティアは涙を流しながら、もがくルイスに惨劇の現場を見せないよう、震える手で押さえ続けた。

「エル、お願いエル。言うことを聞いて。あなたは絶対見ない方がいいの」

どんなことをしても、見せる訳にはいかなかった。あの部屋の中は地獄絵図だ。

この先には、彼を夜ごと狂気の世界へと突き落とす光景が広がっている。

物語の中のルイスは、部屋に駆けつけ両親の遺体を前に絶叫した。

夫婦の寝台の上で裸のままナイフで滅多刺しにされ血にまみれ、所々内蔵まで飛び出した父親の遺体。さらには、手に持ったナイフで自らの喉を切って床に倒れ血を流す母親の遺体を目の当たりにする。

そしてその部屋にはもう一人、寝台の隅で裸のまま返り血を浴び震える、ルイスに似た背格好の少年がいた。

ルイスはそこで、父親が何をしていたかを、察してしまう。幼いルイスの心は、その衝撃に耐えられなかった。

アリシティアは腕の中のルイスに、惨劇を見せないよう、ただ必死だった。

けれど、目を覆っていた小さな手は振り払われた。ルイスの震える手がもがき、アリシティアの顔に傷を付け、赤い痣を作る。

「アリス！　どいて、アリシティア！　お願いだから医者を呼ばせて！」

泣きながらルイスは悲痛な叫び声を上げる。体が震えて足に力が入らないために、アリシティアを振り払うことができない。

「許さない！　父上と母上が死んだら、君のせいだ！　君を絶対に許さないから‼」

アリシティアは投げつけられた言葉に息を呑んだ。

それでも必死でルイスを押さえつける。とめどなく涙が溢れる。

泣いているのは子供のアリシティアなのか、大人のアリシティアなのか……

「ごめんなさい……」

アリシティアにできることは、この場を収拾することができる冷静な人物が来るまで、ただ耐えることだけだった。

泣きながら暴れ続けたルイスは、やがて放心したようにぐったりと動かなくなった。

アリシティアはルイスの頭を抱き寄せ、柔らかい髪に頬を寄せ、待ち人が来るまでひたすらその背を撫で続けた。


永遠に感じる程の時間が流れた後。黒髪の使用人が、王弟を連れて現れた。

廊下の隅でルイスを抱きしめているアリシティアを横目に、王弟はその奥にある部屋に歩を進めた。

彼は室内を見て大きく目を見開き、咄嗟に腕で口を押さえる。

その行動が、室内の状況を物語っていた。

「アリス、もういいよ」

振り返った王弟は、アリシティアを見る。

その言葉にアリシティアは頷き、抱きしめていたルイスからそっと離れた。

王弟はルイスの前に膝をつき、震えるルイスを立ち上がらせる。

「……じうえ。叔父上」

掠れた声を絞り出し、ぽろぽろと涙を流しながら、ルイスは王弟の服の裾を、縋《すが》るように掴んだ。

「大丈夫だ、ルイス。大丈夫」

「お願い……叔父上。父上と母上に医者を……お願い」

涙を流し嗚咽《おえつ》を漏らしながら、ルイスは必死に訴える。王弟はそんなルイスを落ち着かせるように、ゆっくりと背を撫でた。

だが、王弟の口から出た言葉は、ルイスにさらなる絶望を与えた。

「ルイス、医者は必要ない」

「そ……んな、なんで叔父上まで、そんなことを言うの？　このままだと、父上と母上が死んじゃう……」

「もうすでに亡くなっているよ。だけど、今はまだ君に、会わせてあげられないんだ」

「ど……して？」

「たくさん血が出てしまっているからね。大人の人に綺麗にしてもらってから、会わせてあげる。

だから、それまでアリシティアと部屋で待っていてくれるかな？」

泣きながら王弟に縋《すが》るルイスの手をそっと引き離し、王弟はアリシティアを見る。

アリシティアの顔は、あちこちに赤い線のような引っ掻き傷ができ、血が滲んでいた。頬の左側が酷く腫れ上がり、色が変わりかけている。

そんなアリシティアを見て、王弟は痛ましげに目を眇《すが》めた。

「よく、頑張ったね」

王弟の言葉に、アリシティアはこくりと頷いた。

「な……に？」

見開いたルイスの目が、アリシティアと王弟の間を彷徨《さまよ》う。

「さあ、アリシティアと一緒に、部屋で待っていなさい」

王弟は侍女に目配せをし、ルイスの背をそっと押した。


侍女に付き添われ、二人はルイスの自室へと戻る。ルイスの部屋へ続く廊下の窓枠が揺れ、ガラスに勢いよく叩きつける雨の音が、足音をかき消していた。

自室に足を踏み入れたルイスは、扉を背にしたまま立ち止まった。

「……エル」

アリシティアは無意識に、ルイスへと右手を伸ばす。

だが、ルイスは振り返り、アリシティアの手を勢いよく叩き落とした。

パンッと乾いた打擲音が響き、鋭い視線がアリシティアを貫く。そこにあるのは、底知れぬ怒り、憎しみ、敵意、焦燥、嫌悪、そして、殺意。深淵に沈んだような瞳が、彼の全身が、アリシティアを拒絶していた。

気づくと、アリシティアの体は、カタカタと小さく震えていた。

これまで一度だって、こんな射殺すような視線をルイスから向けられたことはない。

アリシティアはこれから投げつけられる言葉を想像し、自らの手を強く握った。

「……の、せいだ。父上と母上が死んだのは君のせいだ」

沈黙するアリシティアをきつく睨みつけ、ルイスは血を吐くような悲痛な声を上げた。

「君が父上と母上を殺した！　僕は君を許さない！　もう君の顔なんて二度と見たくない！　大っ嫌いだ！　今すぐ僕の前から消えて‼」

瞬間、アリシティアの中で、何かがひび割れた気がした。胸が酷く痛い。

ルイスの放った言葉の刃《やいば》は、十歳のアリシティアの心を、深く抉った。

アリシティアは、込み上げる嗚咽《おえつ》を幾度となく押し殺そうとした。

けれど、溢れ出た涙を止めることはできず、首を絞められているような痛みと息苦しさに、喉が震えた。柔らかい心が鷲掴みにされ、鋭い爪で抉られたかのように、血を流す。

「……ごめんなさい」

アリシティアからは、謝罪以外の言葉は、出てこなかった。

そのまま深く頭を下げ、アリシティアは部屋を出た。ルイスがどんな顔でアリシティアを見ていたのかは、わからない。

追ってきた侍女は、赤く腫れ上がったアリシティアの頬を手当てしようとした。だが、アリシティアはそれを断ってローヴェル邸を出た。

外には、暗雲が立ち込めていた。

幾重にも重なる陰鬱《いんうつ》とした雲の狭間から、時折鋭い光の切っ先が大地に向けて叩き落とされる。大気を切り裂く音が轟き、風と共に大粒の雨が、痛い程にアリシティアの全身を叩いた。

——君が父上と母上を殺した！

その日、アリシティアは咎人の烙印を押された。その罪が許される日はきっと来ない。

なのに、ルイスから激しく拒絶され、怨嗟《えんさ》の声を投げられた時、初めて気づいた。

恋などすることはないと思っていた少年に、アリシティアはいっそ哀れな程に、自らの心を奪われていたということに。

アリシティアが思う以上に、彼女の心の奥深くにまで、ルイスという存在は入り込んでいた。とてもとても、大切な、何を代わりにしてでも、決して失いたくない人。

アリシティアはルイスの両親を助けられなかったことよりも、ルイスから拒絶されたことに深く傷ついていた。いっそおぞましい程に、自分本位だ。

彼女はそんな自分を、どこか他人事のように見ていた。

＊＊＊

こうして、アリシティアが十八歳になるまで、ルイスはアリシティアのことを視界から消した。王宮などですれ違うことがあっても、目も合わせず、口もきいてはくれない。完全にいないものとして扱われた。

惨劇の日から数カ月後、ルイスは小説の通りに、第一王女であるエヴァンジェリンの勉強相手に選ばれ、彼女と出会い、そして恋に落ちた。

蕩けるように甘くて優しい、甘え上手な猫のような少年は、あの惨劇の日から、どこにもいなくなってしまった。

アリシティアは何度も、あの時のことを思い出す。他にどうすれば良かったというのだろう。

あの惨劇を回避するためにとっていた策は、全て間に合わなかった。空回りして、恨まれ、嫌われ、拒絶された。

いっそ何もしなければ、ルイスは今も自分と共にいてくれたのだろうか。

「大好きだよ」と言いながら、蜂蜜のように甘く蕩けた瞳で微笑み、アリシティアを抱きしめてくれていただろうか。

知らなければ楽だったのに。知らなければ、何も見ずに済んだのに……

けれど知っているからこそ、逃げたくても逃げられない。

大好きで、とても大切で、誰よりも幸せになってほしい人たち。どんな事をしても守りたい人。

だけど、アリシティアの小さな手では、全ては守れない。何かを守るために、何かを切り捨てなければならない。

たとえそれがたくさんの人の命でも、自分自身の命でも……

アリシティアは奥歯を噛み締める。

あの美しい庭園で、アリシティアは王弟と約束した。望むもののためには、暗殺者にでも娼婦にでもなると。

そうしなければ、この残酷な世界では、大切な人は守れないのだから。

物語のお姫様のように、無垢で純粋ではいられない。

アリシティアにとっては、他の選択肢などありはしなかった。

＊＊＊

「……王弟殿下は性格がお悪いですね」

過去に飛ばしていた意識をふと戻す。

目の前でくつくつと笑う王弟を、アリシティアは不敬すぎる態度で睨み付けた。

「失礼だなあ。それよりも昨夜の件だけど。エヴァンジェリンがなんのつもりで、君を誘拐犯のいる庭園に誘い出したのか、ルイスから聞いたかい？」

「いいえ。そもそもルイス様は、お姫様が起こした事件だと思ってはいらっしゃらないと思います」

「ふーん？」

「それで、昨夜の件について、お姫様はなんと言っているのですか？」

アリシティアの質問に、王弟はしばし思案する。

「そもそもエヴァンジェリンは、君が誘拐されるだなんて、思いもしなかったと言っているようだよ。確かに君については何人かの友人に、ルイスに心底嫌われている婚約者《アリシティア》が社交界デビューして、ルイスを煩《わずら》わせるのが心配だと話したが、それだけだと言い張っている」

「はあ？　私の社交界デビューなんて、お姫様にはなんの関係もないではありませんか」

アリシティアは不機嫌に眉を寄せる。

「そうだねぇ。だけど、あの子はこれまで、さもルイスと相思相愛であるかのように振る舞ってきたからね。今更本物の婚約者なんかに出てこられたくはないんだろう」

「相思相愛は間違っていないのでは？　私はあの嵐の日からずっと、ルイス様に存在自体を拒絶されてきましたし。それに、お姫様の前では、私は彼の視界にすら入ってはいませんもの」

アリシティアは自嘲し、棘のある言葉を返す。そこには皮肉と、わずかな諦念が入り交じっている。

「どうなんだろうね」

「ねぇ王弟殿下、私はずっと大人しくしてきましたよね。殿下に言われた通り、十歳から子供たちの社交の場にも出ていないし、ルイス様は視線も合わせてくれない。社交界デビューすら、未だしていない。なのに、お姫様は私の何が気に入らないのでしょう」

「君がルイスの婚約者というだけで気に入らないんだろう。何にせよエヴァンジェリンは、昨夜の仮面舞踏会で会った見ず知らずの男から、一年にたった一日、月夜に数時間しか咲かない月香花《げっこうか》が、東奥の庭園で満開になっていて、それが幻想的なまでに美しいので、見ておくべきだと言われたらしい」

「確かにお姫様から、庭園に月香花が咲いているから、ぜひ見てほしいと言われましたね」

昨夜アリシティアが誘拐された庭園には、確かに月香花の木があった。

細い花びらが幾重にも重なり、月明かりの下で白く浮かび上がる、前世で見た月下美人のような花だ。そしてその香りは、クチナシに似ていて、とてつもなく甘い。まともに吸い込めば酩酊したようになり、人によっては幻覚を見ることもある。

魔女が作る麻酔や精神を操る薬には、よくこの花の成分が使われていると言う。

けれどあの夜、月香花は咲いていなかった。咲き終わっただけの可能性もあるけれど……

「エヴァンジェリンはそれを聞いて、会場に遅れてやってくるルイスと君が顔を合わせたら、ルイスが嫌な思いをすると思った。だから、君にその月香花を見せるという理由で、君を庭園に連れ出させようとしただけだと言っている」

「ですが、会場でルイス様と私を会わせたくないのなら、そもそも社交界デビューもまだの私にわざわざルイス様も参加する仮面舞踏会の招待状を送ってきて、参加を強要した理由は？」

「その点については、ただ君と話がしたかっただけだそうだ。実際にはなんらかの意図があって、君を呼び出したのだとは思うけれどね。だがもしも、あの子の話が本当なら――」

王女の言葉は言い訳にしか聞こえない。

けれど、万が一王女の発言が事実だとすれば、月香花の話をした男が誘拐犯のいる庭園に誘い出そうとしたのは、王女本人だったということになるのではないだろうか。

「お姫様は被害者か、加害者か……」

もしも、王女こそが誘拐のターゲットだったのなら。

――時系列が狂った？

ふいに背筋に寒気が走り、アリシティアは小さく体を震わせた。

（小説と違ってきてる？　それとも、元々この事件は起こっていたけれど、未遂だったから、物語には書かれていなかっただけ？）

物語の中でも、この現実と同じように不可解な令嬢誘拐事件が起こっていた。

建国祭の日、物語のヒロインであるエヴァンジェリン王女が、その令嬢誘拐事件の犯人たちに誘拐されそうになって――ルイスは王女を庇い、そして殺されてしまうのだ。

「そういう訳で、君には正式に社交界デビューしてもらうことにしたから。エスコートはルイスにさせるからね」

「は?」

思考の海に沈んでいたアリシティアは、王弟の言葉に、唐突に現実に引き戻された。

十年前、押し売りのごとく部下になった少女は、間の抜けた声を漏らし、王弟がこれまで見たこともない程に、その整った顔を歪めた。

「……社交界デビュー?」

「そうだよ」

「何がそういう訳ですか。嫌に決まっています」

「残念、君に拒否権はない。ほら、令嬢がそんなに嫌そうな顔をしない」

どこか揶揄《からか》いを含む王弟の言葉に、アリシティアは絶望的なまでの不快感をあらわにする。

「なぜですか? 何の嫌がらせです。社交界デビューはまだしも、よりにもよって、エスコートがルイス様だなんて!」

「いや、なぜ婚約者をエスコート役に指名しただけで、嫌がらせ扱いされるのかな? 当たり前だろう？」

「だって、それでは私は悪役令嬢になってしまうではありませんか」

「悪役令嬢？」

王弟は初めて聞く言葉に、ぽかんと口を開ける。

「邪魔者、当て馬、嫌われ者、バッドエンド令嬢のことです」

「バッドエンド令嬢というのはよくわからないけど……それは、悪女とは違うの？」

「悪女とは全く違います。悪女って言うのは私みたいな存在ですよ？」

「……君、悪女のつもりだったの？」

「私は王弟殿下の部下ですもの。悪女以外の何者でもありませんでしょう？　それよりも！」

王弟の疑問に、何を当たり前のことを……とでも言いたげに、アリシティアは目を細める。

「はいはい。悪役令嬢ね」

「そうです。誰もが羨むようなお似合いの恋人たちの障害となる令嬢、それが悪役令嬢です。ですが恋人たちがお似合いだと言っても、その関係性までが正しいとは限りません。例えばですが、男性側に恋人以外の婚約者がいる場合でも、恋人同士が誰の目から見てもお似合いであれば、その婚約者は存在するだけで悪者にされてしまうのです」

鍛えられた肺活量をフルに使い、一気に長文を言い切ったアリシティアは、深く息を吸う。王弟は「ああ」と、頷く。

「つまり、デビュタントの君がそうなるということか」

「わかってくださったのなら、撤回してください！　このままでは、可憐な王女とその麗しい恋人を引き裂く悪役として、私は社交界の嫌われ者デビューしてしまいます」

不機嫌に顔をしかめるアリシティアに、王弟は笑う。

「上手いこと言うね」

「笑いごとではありません。社交界デビューするということは、表の顔でも諜報を行うということでしょう。嫌われ者になってしまったら、社交界で情報を集めるなんてできなくなります」

「うん、まあそうだねぇ」

呑気に相槌を打つ王弟を、アリシティアは睨みつける。

「わかってくださいましたなら、エスコート役を誰も注目しない、フェデルタ様のように壁の花どころか壁と同化するような地味な人と変えていただきたいです。とにかく私は目立ちたくないんです」

「いつも思うけど、君って、何気に失礼だよね」

「地味で目立たないのは、影にとっては褒め言葉でしょう？」

「あっそ。フェデルタ、ご指名だよ」

勢いよく詰め寄るアリシティアから意識を逸らすように、王弟は会話の矛先を秘書官に向ける。

紙にペンを走らせていた秘書官は、いきなりの指名に、無言のまま必死に顔を横に振って拒否した。その心底嫌そうな顔に、アリシティアはムッとする。

「フェデルタ様。こんな美少女をエスコートできるのに、何が気に入らないのです？」

「いや、だってまだ消されたくないし。私は長生きしたい」

秘書官の意味不明な言葉に、アリシティアは眉間に皺を寄せた。

「よくわかりませんが、エスコート役のフェデルタ様のご都合が悪いので、私の社交界デビューは、また後日ということで」

すっくと立ち上がったアリシティアは、美しく礼をとり、そのまま扉に向かって歩き出す。無理にでも話をなかったことにしようとしているのは明白だ。

「そうやって、話を有耶無耶にして逃げようとする。でもだめだよ。昨夜の件は放置しておくには、問題が大きすぎるからね。流石に方針を変えなきゃいけないかなってね」

「方針ですか？」

王弟の言葉の中に、アリシティアは皮肉めいた響きを捉えた。

振り向いて、自らの上官の真意を見定めるように、じっとその表情を見据える。

「そう、方針。王女であるエヴァンジェリンがお気に入りの青年の婚約者を排除しようと誘拐させ、闇オークションで愛玩奴隷として競売にかけたなんて。こんな噂が広がろうものなら王家の信頼は失墜し、虎視眈々と権力図を書き換えようとしている貴族派や反王政派に足を掬われる」

「揉み消すのはお得意でしょう？」

「だからって、何度もこういうことが起きれば君も困るだろう？　そもそも、アリスだったから無事に済んだものの、これが普通のご令嬢だと考えたら、ゾッとするよね。本来なら、秘密裏に離宮に軟禁されてもおかしくないような愚かな行為だ。だけどそれをすると、正妃の実家が黙ってないだろう。だから、今のエヴァンジェリンにとって一番きついお仕置きをしないとね。あとね、現実をわからせることにしたんだ」

　意味深に微笑む王弟に、アリシティアは疑いの視線を向ける。

「お姫様へのお仕置に、私が巻き込まれる意味がわかりません」

「もちろん、昨夜勝手なことをした君への罰も含まれているよ」

アリシティアは不快げに眉間に皺を寄せた。

「反省文に変更を願います」

「面白いことを言うね。君の言うように、私は性格が悪いから、君のお願いなんて聞かないよ」

どうやら性格が悪いと言ったことを、根に持っているらしい。

不敵に微笑む王弟を前に、アリシティアは憮然としたまま黙り込んだ。だが、三十秒程で、「帰ります」と、再び扉に向かう。

「そうそう、デビュタントのドレスや宝石一式は、ルイスに送らせるからね」

　扉から出ようとするアリシティアに王弟が声をかけるが、アリシティアは振り返ることなく「承知いたしました」と答え、そのまま部屋を後にした。

「相変わらず、逃げ足だけは早い」

閉まった扉を眺めながら、王弟はふっと顔を綻ばせる。そんな上官に、秘書官が問う。

「殿下。王女殿下にはお仕置きですが、王女殿下につけている影には、ご褒美になってしまいますよ。よろしいのですか？」

「まあ、あの子もここまで我慢したからね。そろそろ最愛のお人形さんを返してあげてもいいかなと思ったんだ。感涙にむせんで、『叔父上大好き』って言ってくれるかな？」

「絶対言わないと思いますよ？」

「まあ、そうだよね。昔はあんなに可愛かったのに。それにしてもあの子たちは、なぜあんなにもすれ違っているのかな？」

「それは殿下のせい以外の、何物でもないでしょう。だって彼女はルイス様が殿下の命令で、何をしているかを知りませんから」

インク瓶の蓋を閉じた秘書官は、書き上げた書類に、白い砂をサラサラとかけ、紙を振るう。

「本当、あの二人は似ているよね。互いが互いのためだけに行動して、なのに、決してそれを口には出さない。昨夜だって、アリシティアが闇オークション組織に捕らわれたことを知ったルイスは、私の許可もなく第三騎士団を動かし、闇オークション会場にいた人間を一人残らず捕らえるなんていう暴挙に出たのに」

「それを彼女に教えてあげれば良かったんですよ。ついでに昨夜は後始末のために大急ぎで戻ってきてから、ルイス様は仮眠すらとっていないってことも」

「それはルイスの自業自得。でもまあ、二人とももう少し暴走しないでいてくれるとありがたいんだけど」

「その暴走すらも、殿下の計算の内なのでは？」

「そんなはずはないだろう」

「殿下の一つの行動には、常にいくつもの意味がありますから」

秘書官の言葉に、王弟はくすりと笑った。

幼いアリシティアは、ルイスのために王家の影となった。

そして、その事実を知ったルイスは、そんなアリシティアを守るために、影たちを統べる王弟の後継者となる道を選んだ。

だが、ルイスの選択の理由を知る人間は、この国にはほんの数人しかいない。

「こんなことばかりしていては、そのうち二人から嫌われてしまいますよ」

苦笑しつつ、秘書官は書き上げたばかりの書類を王弟に手渡す。

「それは嫌だなぁ。あの子たちに嫌われたら泣いてしまう」

王弟は手の中の書類に目を通した後、自らのサインを書き込み満足げに頷く。

書類には、釈放許可証の文字と、昨夜の闇オークション参加客の名前が並んでいた。

＊＊＊

早朝の冷えた風が吹く庭園に、ひらりと青い蝶が舞う。

色とりどりの花々は、今はまだ眠りにつくかのようにその繊細な花弁を寄せ合い、時折風に揺れる葉から零れ落ちた朝露は、キラキラとした輝きを放っていた。

王弟の執務室を出たアリシティアは、王太子からの伝言を受け取り、彼の待つ庭園を目指して木立の中をのんびりと歩いていく。

やがて、木々が途切れ視界が開けた先。薄紅色の花が咲きこぼれる木の下で、金の髪の青年がアリシティアの姿を見て微笑んだ。

彼はアルフレード・フォルトゥーナ・ディ＝クレッシェンティウス。この国の第一王子であり、王太子だ。

「おはようアリシティア。お腹が空いているだろ？　おいで、一緒に朝食を食べよう」

太陽のような黄金の髪に、夏の空を思わせる真っ青な瞳、端整な顔立ちは、おとぎ話の中の王子様を具現化したようだ。金の髪に光が乱反射して、無駄にキラキラして見える。

圧倒的な存在感を誇る完璧王太子を前に、アリシティアは優雅に礼をとった。

「王太子殿下にご挨拶申し上げます。アリヴェイル伯が娘、アリシティア・リッテンドール。お呼びにより参じました」

膝を折り頭を下げたアリシティアに、従僕が恭《うやうや》しく椅子を引いてくれる。

「ああ、堅苦しいのはなしでいいよ。座って。アリスの好きな物ばかり用意させているんだ」

アルフレードの言葉に、アリシティアは頭を上げ、椅子に腰掛けた。

「ありがとうございます、王太子殿下。それにしても、私の居場所がよくおわかりになりましたね」

「かなり早い時間帯に君の馬車が到着していると連絡は入っていたからね。私との約束までは時間があったし、きっと叔父上のところに挨拶に行ったのだろうと思ったんだ。君とはお茶の約束をしていたけど、せっかく朝から君が王宮にいるのなら、久しぶりに朝食を一緒に取るのもいいかなと思ってね。アリス、君は王宮の焼き立てのスコーンが好きだっただろう？」

「……ええ、大好きです」

アリシティアは、微笑んで頷いた。

王太子とお茶の約束をした覚えはない。

だとすれば、この呼び出しは昨夜の口裏合わせと、万が一、昨夜の件の揉み消しに失敗し、噂が広まった時のために、用意された席だろう。

仮面舞踏会の会場で誘拐され、深夜の闇オークションにかけられたはずの令嬢が、半日も経たない翌朝の王宮で、のほほんと好物のスコーンにかじりついているのだ。この事実があれば、誘拐の噂などほとんどの人はまともに取り合わないに違いない。

メイドが香りのよいお茶をアリシティアの前に置いた後、周囲から使用人が下がっていった。

会話が聞こえない程度の距離をとったのを確認し、アルフレードは口を開く。

「好きなだけ食べて」

「はい、では遠慮なくいただきます」

アリシティアは焼き立てのスコーンを手に取り、ジャムとクロテッドクリームをたっぷりのせる。口に入れるとほろりと崩れ、バターと小麦本来の香りが鼻に抜け、その後ジャムとクリームの濃厚な甘さが口に広がる。

幸せそうに食べるアリシティアを眺めながらお茶を飲んでいたアルフレードだが、しばらくして口を開いた。

「ここには唇の動きが読める使用人はいないから、安心して」

「その分、おしゃべり好きな使用人が集められていますね」

アリシティアの言葉を否定せず、アルフレードはくすりと笑った。もしもアリシティアが昨夜誘拐されたという噂が流れようと、その噂には信憑性がないと、ここにいる使用人たちが広めてくれるだろう。

「昨夜はエヴァンジェリンのせいで、申し訳なかったね」

「いえ、王女殿下から仮面舞踏会の招待状が届いた時から、何かあるとは思っておりましたから。でも、まさか拉致されて闇オークションで売り払われるとは、思いもしませんでしたが」

くすくすと笑うアリシティアに、アルフレードは短く息を吐いた。

「君が影の訓練を受けていて本当に良かったよ。でなければ取り返しのつかないことになっていた可能性もある。無事で良かった」

「ご心配をおかけしてしまい、申し訳ありませんでした。アルフレードお兄様」

アリシティアが謝罪すると、アルフレードは困ったようにかぶりを振る。

「君は私の大切な妹だからね。せめて心配くらいはさせてほしい」

アルフレードの言葉に、アリシティアは無意識に唇を綻ばせた。

目の前で親しげに微笑む王太子は、アリシティアの大好きな幼なじみで、実の兄であるかもしれない人なのだ。『かもしれない』というのは、この世界にＤＮＡ検査のようなものは存在せず、確証が持てないからだ。

＊＊＊

アリシティアがそのことを知ったのは、前世を思い出すよりも前だった。

アリシティアの母方の家系は王家の傍系であり、アリシティアは今は亡き母に連れられ、定期的に王宮を訪れていた。そして、なぜか国王にアルフレードと引き合わされ、二人はよく一緒に過ごすようになった。

そんな時、たまたま国王とアリシティアの母が、庭園で隠れるように交わしていた会話を、二人は聞いてしまった。

アリシティアが国王の娘であるかもしれないと。

アリシティアの母は、アリシティアが夫の子であると主張していたが、話の内容から国王と母が秘密の関係であることは間違いなかった。

何よりも国王本人は、アリシティアの瞳の色から、彼女を自分の娘だと信じているような口ぶりだった。

女神リネスを始祖に持つこのリトリアン王国の王族の血筋には、数十年に一度女神と同じ瞳の色を持つ娘が生まれる。

そして、この国では、王の愛妾や、ただの戯れで手を付けた女性の子供であろうとも、王の子には王位継承権が与えられ、尊ばれるのだ。

だが現実には、王の庶子で女神の瞳を持つ後ろ盾もない娘となれば、本人の意思は関係なく政争に巻き込まれ、近い将来暗殺されるだろう。

それを危惧して、アリシティアが王の娘であると母は認められなかったのだ。

傍系とはいえ、幸いにもアリシティアには、王家の血が流れている。そのため女神の瞳を持つアリシティアが彼女の父の実の娘であっても、なんらおかしくはない。

アリシティアたちが偶然聞いてしまった秘密は、決して人に知られてはならないものだった。

＊＊＊

「昨夜のことだけど、仮面舞踏会で君は悪酔いし、君を心配したエヴァンジェリンの手配で、インサーナ子爵家の令嬢に付き添われて、彼女の屋敷の馬車で早々に帰ったことになっている。いいね？」

「……はい」

アルフレードの言葉に、アリシティアは数秒遅れて頷いた。

仮面舞踏会の会場からアリシティアを連れ出すように指示したのは王女であり、連れ出したのはインサーナ子爵令嬢だ。行動だけなぞれば辻褄は合う。

とはいえ、なんとなく不愉快ではあった。

「あと、君の邸の方は、いつものように君の執事がうまく処理してくれている」

「……承知しました。ありがとうございます」

アリシティアについている執事は、普段から王家の影として動くアリシティアのため、彼女の不在を誤魔化してくれていた。

「仮面舞踏会の会場に、私がいたことを知る者には……」

「ああ、そのことだけど……」

アルフレードが答えようとした時、アリシティアの背後で芝を踏む音がした。

振り向いた視線の先では、朝の光を背にルイスが真っ直ぐに歩み寄ってくる。風が吹き、ルイスの少し長めの白金の髪がさらりと揺れた。

「お食事中失礼します、アルフレード王太子殿下」

中性的とも言える甘い顔に、見る者を魅了する笑みを浮かべたルイスは、王太子に略式の礼をとった。

その表情にはわずかに疲労の色が見えるが、その妙な物憂さもまた、彼の色気に変わる。

アリシティアの最悪の婚約者は、今朝も妖しく麗しい。そして、相も変わらずアリシティアのことは見えていないようだった。

「ああ、忙しいところ呼び出して悪いね、ルイス。関係者の口止めは終わった？」

「はい。エヴァンジェリンの友人たちには、アリシティアが体調を崩し、そのまま自邸に帰ったと説明をしておきました。誘拐の事実を知っている者は、エヴァンジェリンとインサーナ子爵令嬢だけですので、子爵令嬢には厳重に口止めをしておきました」

「警備の方は？」

「彼らには緘口令《かんこうれい》を敷きました。彼らとしても、自分たちが警備していたところに誘拐犯が入り込んでいたなどという失態、あえて口外したりしないでしょう。それに彼らは、誰が連れ去られたかまでは知りません。ただ、噂が広まるようなことがあれば、職を失うと警告はしました」

ルイスの返事に、アルフレードは満足げに頷いた。

「そう。お疲れ様。一緒に朝食は？」

「いえ、この後は第三騎士団の方に行く必要があるので、朝食はまた今度ご一緒させてください」

言いながらルイスは、テーブルの様子をそっと窺う。

拗ねたような顔で、スコーンを手にもきゅもきゅと口を動かすアリシティアに、ルイスの頬が無意識に緩んだ。

「そう。ああ、そうだ。デビュタントのことは叔父上から聞いている？」

「デビュタント？」

アルフレードの問いに、ルイスは心当たりがないと言うように、わずかに小首を傾げる。

「次の王宮舞踏会で、アリシティアを社交界デビューさせることになった。ルイス、君にエスコートをしてもらう」

「えっ？」

ルイスは目を見開き、言葉を失っている。

（……まあ、そういう反応にもなるわよね）

アリシティアはルイスをちらりと見た後、ぞんざいにソーセージにかぶりついた。

ルイスから完全に存在を無視され、そこにいないものとして扱われた八年間に加え、その後一年と数ヶ月。

他人の目がある場所では、これまでの八年間と同様に、ルイスはアリシティアの存在から目をそむけ続けた。

わかりきっていたルイスの反応に、アリシティアが胸の中で長々と息を吐いた、その時。

「そんなのだめ！」

必死さを感じる高い声が、朝の庭園に響いた。

声の方に目を向けると、小説のヒロインであるエヴァンジェリン王女が息を切らして走り寄ってきている。けれど――

「きゃっあ!?」

草に足先を引っ掛けたエヴァンジェリンの体が前のめりになり、陽光を受けた金の髪がふわりと揺れる。

途端、ルイスがエヴァンジェリンに向かって走り出し、その両腕で華奢な体を抱きとめた。

まるで物語の一場面を切り取ったような光景に、アリシティアの視線は捉えられてしまう。

「おはよう、エヴァンジェリン。大丈夫？　今日も元気だね」

甘い顔に、わずかな苦笑を浮かべたルイスは、抱きとめたエヴァンジェリンに優しい声で話しかける。

「え、ええ。ありがとうルイス。大丈夫よ」

ルイスの腕の中で、エヴァンジェリンはシトリンの瞳を潤ませ、無垢な少女のように微笑んだ。

煌めく黄金の髪に、長いまつ毛と大きな瞳、鼻は細く、艶めいた唇は美しい。女性の平均程の身長に、細い腰と華奢な体は、春の女神のような可憐さと愛らしさがある。

ルイスと見つめ合う姿は、誰がどう見ても、相思相愛の恋人同士だ。

だが、そんなエヴァンジェリンの背後から、不機嫌な声が響いた。

「エヴァンジェリン。突然走るなと、いつも言っているだろう？　急に俺から離れると、何かあった時に守れないだろう」

葉の処理もされていない花を大量に抱えた騎士が、エヴァンジェリンに無遠慮な口をききながら歩み寄ってくる。

その姿に、アリシティアは数度瞬きした。悠然とこちらに向かってくるダークブロンドの端整な騎士は、この物語のメインヒーロー、レオナルド・ベルトランド・デル・オルシーニだ。

「あら、王宮の中の、しかもお兄様の庭園で、一体何があるって言うのよ」

アリシティアの目の前では、二人のヒーローに囲まれた物語のヒロインが、可愛らしく頬を膨らませている。

三人の周囲には、薄紅色の花びらがゆっくりと降り積もり、その光景は息を呑む程に美しい。

(本当にここは、小説の世界なんだわ)

アリシティアは無意識に、ほっと吐息を零した。

こんなありきたりなアクシデントですら、ヒロインのために用意された舞台のように思えるから不思議だ。

三人目のヒーローの姿はないけれど、間違いなくここは『青い蝶が見る夢』の世界だと実感する。

けれど……彼らの物語の世界には、アリシティア・リッテンドールは存在しない。

アリシティアは、居心地の悪さを感じた。

この世界には、アリシティアの居場所などないのだと、突きつけられているようで……

「エヴァンジェリン。突然、なんの用だ？」

アルフレードは呼んでもいない乱入者に、冷たい視線を向ける。

アリシティアは優雅に立ち上がり、突如やってきた王女に向けて、腰を折り略礼をとった。

「私、アリシティア様とお話がしたくて……。アリシティア様、昨夜は大変だったのでしょう？

私が月香花が咲く夜の庭園に、あなたを案内させたせいで……」

「やめなさい。エヴァンジェリン」

悪意も他意もないように、エヴァンジェリンは周囲にも聞こえそうなよく通る声を出す。それを、
アルフレードがさえぎった。

「エヴァンジェリン、君には学習能力がないのか？　昨夜ルイスが言ったことを、もう忘れたか？」

笑みを浮かべてはいるが、アルフレードの声は、先程までアリシティアに向けていた優しげな声
音ではなく、背筋が凍るような冷たいものだった。

「アリシティア、頭を上げなさい」

「はい。王太子殿下」

アリシティアはふっと息を吐き、姿勢を正した。

そんなアリシティアに、エヴァンジェリンは慌てて声をかける。

「あ、ごめんなさい。だけど私、あなたにお願いがあるの」

「お願い？　……ですか？」

アリシティアは訝《いぶか》しみ、無意識に身を硬くした。

エヴァンジェリンは胸の前で祈るように手を組み、アリシティアに真摯な目を向ける。その瞳は潤んでいて、見る者に庇護欲を抱かせた。

「アリシティア様、ルイスにデビュタントのパートナーとなるように、強制しないであげてほしいの」

「は……い？」

真っ直ぐな目をアリシティアに向けて、エヴァンジェリンは言った。

思いもよらないお願いに、アリシティアは完全に虚を衝かれ、ついポカンと口を開けて、間抜け顔を晒してしまう。

「だって、あなたたちはとても仲がお悪いでしょう？　だったら、無理にルイスにエスコートさせる必要はないと思うの。たとえルイスの婚約者だとしても、その肩書きでルイスを縛り付けないで。どうか、ルイスを解放してあげてほしいの。愛してもいない人との結婚なんて、お互い不幸になる未来しかないもの。私はルイスに幸せになってほしいの。あなただってそうでしょう?」

「それは……」

アリシティアは返す言葉がなかった。

嵐の日から今まで、アリシティアの心の奥底の深い場所にひっそりと溜まり続けていた真っ黒な澱《おり》が、無遠慮に踏み躙《にじ》られ舞い上がり、澄んでいた上澄みまでも黒く染めていく。

『もう君の顔なんて二度と見たくない! 大っ嫌いだ! 今すぐ僕の前から消えて!!』

過去の叫びが、アリシティアの心を揺さぶる。

どろりとした汚泥のような感情が、心の中を支配する。

(あなたに何がわかるというの? 鳥籠の中で誰からも大切に守られて、この世界の綺麗なところしか知らないあなたに!)

思わず口をついて出そうになった言葉を、すんでのところで呑み込む。

目の奥が痛くなる。それでもアリシティアは海の泡のように次々と湧き上がる感情を押し留め、全てを押さえ込むように、ゆっくりと深い息を吐いた。

＊＊＊

小説のルイスが死ぬのは、彼が二十一歳になった三ヶ月後だ。

その日は王国中のいたるところで、建国を祝う祭りが催され、王女エヴァンジェリンは王家の始祖である女神リネスに祈りを捧げるため、大神殿を訪れていた。特別な祈りの間がある奥神殿に入ることが許されるのは、王族であるエヴァンジェリンと一人の護衛、レオナルドだけ。

だが、その奥神殿の祈りの間に、刺客が現れた。

後にわかることだが、王女誘拐を企てたのは、王都で令嬢誘拐事件を起こしていた一派の者だった。

刺客は六人。レオナルドはエヴァンジェリンを背に庇いながら、なんとか刺客を倒していく。だが、突如背後から現れた新たな刺客が、エヴァンジェリンに剣先を向ける。

その凶刃が彼女に届く刹那。刺客とエヴァンジェリンの間に、剣を持つルイスが立ち塞がった。

エヴァンジェリンの目前で、真っ赤な花びらのように、ルイスの鮮血が舞い散る。

ルイスは利き腕から血を流しながらも、エヴァンジェリンを逃すよう叫んだ。

レオナルドはすぐさまエヴァンジェリンを抱き上げ、走り出す。そんなレオナルドの背で、エヴァンジェリンは喉が破れる程の声でルイスの名を叫び続けた。

やがて、広間からは音が消え、動いている者はルイスただ一人となった。

胸からは、とめどなく血が溢れ出ている。それは彼に自らの死を自覚させるには十分だった。

「……ごめん。また君を泣かせてしまうね」

掠れる声で呟いたルイスは、血に濡れた体を壁に預け、冷たい石床に力なく座り込んだ。

そんな彼の前には、室内だというのに、いつの間にか幾匹もの青い蝶が舞っていた。そっと手を差し出すと、一匹の青い蝶が、その指先にとまる。

儚くも美しい姿を瞳に映し、ルイスはその甘い相貌に、愛しげな淡い微笑みを浮かべた。

呼吸が浅くなり、言葉にならない声を紡ぎ、ルイスの唇が動く。閉じた瞳の奥に思い描いた、彼の最愛の人の名を呼ぶように――

やがて、ルイスは静かに息絶えた。

＊＊＊

物語の中のルイスの死が、まるで過去の記憶を見るように鮮明に浮かび上がる。

くらりと視界が揺れ、アリシティアは思わず強く手を握りしめた。爪が皮膚に食い込み、血が滲む。

けれど、痛みは感じなかった。

エヴァンジェリンの言葉はとても不躾で、自分勝手だ。それでもそれは、アリシティアの思いと同じものでもあった。

(私と結婚したらルイスが不幸になるなんて、言われなくてもわかっているわ)

今のアリシティアは、ルイスが死ぬ時ですら思い出してもらえない、この世界からも忘れられた存在だ。だからこそ、自分がすべきことはちゃんとわかっている。

けれど、今はまだだめだ。

どれ程嫌われても、拒絶されても、アリシティアはルイスを冷たい石の上で、たった一人死なせたくはないのだ。

それだけは、誰に何を言われても譲れはしなかった。

「ここまで愚かだと、救いようがないな」

ふいに、笑顔の仮面を外したアルフレードが低くつぶやく。全身がすっと冷えていくような、厳しい声音だ。

「え？」

アルフレードの怒りを前に、エヴァンジェリンはその華奢な体をぴくりと震わせた。

「すでに決まった貴族間の婚姻に、王女が個人的な感情で口を挟むなど論外だ。しかも二人の婚約は父上がすすめた話だ。文句があるなら、まずは父上に訴えるべきだろう。なぜ一番立場の弱い彼女に言う」

「そんな、私はただ――」

アルフレードはさらに怒りを込めた声を、エヴァンジェリンに向けた。

「父上はお前を自由にさせすぎたようだね。父上がお前だけは好きな人と結婚させたいと言っていたが、早急に婚約者を決めた方がいいようだ」

アルフレードの発言に、アリシティアは息を呑んだ。物語にそんな展開はなかった。エヴァンジェリンは最終的にレオナルドを選び、彼と結婚する。だが、それは数年先の話だ。

アリシティアが思わず声を上げそうになった時、ルイスがアルフレードを呼んだ。

「兄上――!?」

身内しかいない時の呼び方が出たのは、きっとそれだけ焦っているのだろう。だが――

アルフレードがルイスに視線を向けると、ルイスはその意図を汲んだ。いつもの甘い微笑を消す。

「あ、……嫌、です。お兄様、なぜそんな酷いことをおっしゃるの？　私はルイスと――」

エヴァンジェリンは美しいシトリンの目を見開いた。目にはみるみるうちに涙が溜まっていく。

「それ以上口を開くな！」

アルフレードは先んじて、続く言葉を抑えつける。

その声に驚いたのか、エヴァンジェリンの瞳からぽろりと大粒の涙が零れ落ちた。頬を伝った涙はやがて顎先を掠め、ドレスにシミを作る。

その姿は今にも消えてしまいそうに儚げで、とても美しく、きっと異性であれば誰もが彼女を守りたいと思ってしまうだろう。

声を上げることなく、ただ真珠のような涙をほろほろと流すエヴァンジェリンを見て、アルフレードは首を横に振り、レオナルドに視線を向ける。

「レオナルド、エヴァンジェリンを自室に連れていけ。そして、月香花の話をした男が、どこの誰だったか思い出すまで、部屋から出すな」

「そんな！　仮面をつけていて、誰かわからなかったと何度も言っているのに！」

エヴァンジェリンは悲鳴にも似た声を上げるが、アルフレードの冷たい視線に押され、渋々レオナルドと共に庭園を後にした。

エヴァンジェリンの姿が見えなくなった後、ルイスはアルフレードに向き直った。

「王太子殿下、先程の話、謹んでお受けいたします」

言葉と共に恭《うやうや》しく頭を下げる。

先程の話とは何だったか。

アリシティアは、数秒の間思考を巡らせ、自分のデビュタントのエスコートの話だと思い至る。

（お受けしなくていいのに）

アリシティアは席に戻り、冷めた紅茶に口をつけた。

心の奥で深い深いため息を吐き、カップの中で揺れる紅茶を、意味もなく見つめる。

もしも、建国祭を無事にやり過ごせたら、アリシティアは国王に頼んで、ルイスとの婚約を解消してもらうつもりでいた。

何せ、ルイスが王女に恋するのをわかっていながら、アリシティアは自分の目的のために、存在さえ忘れられた、名前のない婚約者の立ち位置を奪ったのだ。

アリシティアなりに、モブの立ち位置はわきまえているつもりだったから、目的を達成したらモブに戻ることを決めていた。

いつの間にか大人になったアリシティアの猫のような少年は、物語通りに王女に恋をした。全ては予定調和。

想定外だったのは、大人だった前世のアリシティアと、今世の子供のアリシティアが溶け合って、肉体年齢に精神年齢が引きずられてしまったこと。

けれど、恋する予定のなかった彼に本気で恋をしたとしても、王女に恋したルイスに、愛を請うつもりはない。

そもそも、全てが終わった後、アリシティアは生きているかすらも分からない。物語の番外編では、アリシティアは今から一年後、二十歳で死んでいるのだ。

自分の死には興味がない。けれど、アリシティアには、やらなければならないことがある。

(急がないと……)

エヴァンジェリンの婚約が決まった後では、たとえルイスの死を回避できても、ルイスはエヴァンジェリンと結婚できなくなってしまう。

嫌われ婚約者と、彼の心の傷を癒したお姫様。

どちらと結ばれた方が、ルイスが幸せになるかなど、考えるまでもない。

(そのためには、一刻も早く令嬢誘拐事件を解決して、ルイスとの婚約を解消しないと)

大好きだった物語の登場人物のルイス。

けれど、色鮮やかなこの世界で、現実のルイスに抱きしめられ、その温もりを感じた時、アリシティアは物語の中のルイスではなく、現実のルイスに心を奪われた。そして、その温もりが消えるのは嫌だと、何をしても救いたいと思ってしまった。

だからこそ、本来彼と婚約するはずの令嬢がいるとわかっていながら、アリシティアはルイスの婚約者の座を奪い取った。

……けれど今にして思えば、本当はあの時から、八歳のアリシティアは、ただルイスに恋していただけなのかもしれない。

かつて、幼い日のルイスは、薔薇色と朱色が混ざったような空を見上げて、「夜明けの空はアリスの瞳のようだね」と微笑んだ。

記憶の中の佳景を垣間見て、アリシティアはただ、祈るように空を見上げる。

視線の先では一匹の蝶が空に吸い込まれるように、ひらりと舞い上がっていった。

＊＊＊

どんなに嫌でもデビュタントの日はやってくる。

昨夜からアリシティアは、酷い嵐がきて今夜の舞踏会が中止になることを、この世界の神々に祈り続けた。だが、そんな祈りも虚しく、窓の外には晴れた夕闇が広がっている。

鏡の中、美しく飾られた自らの姿をながめ、アリシティアは肩を落とした。

青紫色を帯びた銀の髪は、ハーフアップに結われ、宝石でできた青い小さめの薔薇が、小花をかたどった白い真珠と共に飾られている。

胸下で切り替えがある純白のエンパイアドレスには、白金の繊細な刺繍の上に小さな宝石がちりばめられ、動く度にきらきらと輝いていた。

白く細い首から胸元を飾るのは、ルイスの瞳と同じ最高級のタンザナイトのネックレスだ。

わずかにあどけなさが残るその姿は、少女から大人に変わる時特有の、えもいわれぬ色香がある。

アリシティアは、自身の美貌とダイエットの要らない完璧なスタイルは、間違いなく転生特典チートの一つだと確信していた。

でなければ、番外編で名前が出た時にはすでに死んでいるようなモブにしてはありえない美貌だ。

(女神様、ありがとうございます!)

鏡の中の自らの姿に、アリシティアはこの世界の女神に感謝した。

アリシティアの背後では、やりきったとばかりに、侍女たちが満足げに微笑んでいる。

だが、頑張って飾り立ててくれた侍女たちには申し訳ないが、自分は今夜、悪役令嬢デビューするのだ。

きっと明日には王都中に、美しく純粋な王女の恋を邪魔する悪役として、アリシティアの名前が広まっているに違いない。

重い胸を押さえ、アリシティアが何度目かのため息を吐いた時、執事がルイスの到着を告げた。

部屋を出たアリシティアは、玄関ホールへと繋がる螺旋階段から階下を見下ろし――視界の中、輝くプラチナブロンドを捉え、どくりと心臓が跳ねた。

「エル……」

吐息程の小さな声で、アリシティアはルイスの名を呟く。

同時に、階下のルイスが目を上げ、その双眸を見開いた。

「――すごく綺麗だ」

率直すぎる賛辞を口にし、ルイスはどこまでも甘く蕩けるような笑みを浮かべた。

その姿が、幼い日に色鮮やかな庭園で微笑んでいた少年と重なる。

まるで時が戻ったかのような錯覚に陥り、夢現のまま階段を下りたアリシティアは、差し出された手を取った。けれど――

「こんなに美しい君のエスコートができて、僕は光栄だ」

ルイスの甘い声に、アリシティアの意識は現実へと引き戻された。

アリシティアの視線の先では、造形の神が一週間は眠らず、ハイテンションのまま、これでもかというほどに精巧に作り上げたとしか思えない、美しく妖艶な青年が笑みを浮かべている。

流石は神の世界線《小説内》屈指の美形担当だ。

濃紺に金糸の刺繍が施された、王位継承権を持つ者が正式な場で着用する軍服に、表が黒で裏地が濃赤色の片マントをまとう姿は、目が眩む程に優美だ。

（――淫魔がいる……！）

アリシティアの最愛で最悪の婚約者は、今日も暴力的なまでに顔が良い。ついでに背徳的な色気がある。

前世で言うところのフェロモンダダ漏れ状態である。

誰が言い出したのかは分からないが、『社交界の歩く媚薬』は、アリシティアを殺しにきているとしか思えなかった。

思わず見惚れたアリシティアは、ぽかんと口を開けた間抜け顔を晒してしまいそうになる。が、あやういところでなんとか笑顔を作り、とりあえず当たり障りのない謝辞を口にする。

「閣下もとても素敵です。それに、ドレスに宝石まで送っていただき、ありがとうございます」

「どういたしまして。用意しておいて良かった」

ルイスは悪戯な猫のように目を細めて、口角を上げる。

「え？」

ルイスの言葉にわずかな違和感を覚えたが、その違和感の正体について考える間もなく、ルイスはアリシティアの手の甲、指先、手のひらへとキスを落としていく。

手の甲へのキスは敬愛。

指先へのキスは賞賛。

そして、手のひらへのキスは懇願。

「きっと今夜の舞踏会では、多くの男が君の美しさに目を奪われるだろうね。でも不用意に男に近づかないでね。つい暗殺しちゃいそうになるかもしれないから」

「はい？」

ルイスはにっこりと微笑んで、口付けたアリシティアの手のひらを、そのまま自らの頬に滑らせる。

そして、頬に当てたアリシティアの手に、人懐っこい長毛種の猫のようにするりと頬を擦り寄せた。

「あの、……閣下？」

「だめだよ、アリス。今から閣下と呼ぶのは禁止ね」

アリシティアは返す言葉もないまま、呆然とルイスを見上げる。タンザナイトの瞳から目が離せない。

アリシティアの知っている十一歳以降のルイスはこんなことは言わない。

そもそも人前ではアリシティアは空気扱いだ。人がいないところでの会話は、嫌みや説教がふんだんに散りばめられているし、何よりルイスはとてつもなくお腹の中は真っ黒で、顔と声だけが甘ったるいドSだ。

「あの……ルイス様？　頭でも打ちました？　もしや体調が優れないのでは？」

頭に浮かんだままの疑問が口をついて出る。

「僕を気遣ってくれるの？　優しいね」

くすりと笑みを零し、ルイスはアリシティアの手を離し、真っ白な花のブーケを差し出した。

（いやホント、あんた誰⁉）

心の声を思わず口に出しかけたが、必死に耐え、ブーケを受け取る。

「九年分の記憶をなくしたりしたと言うことは？」

「ないかな」

「そう……ですか。えっと……わざわざ迎えに来てくださり、ありがとうございます？」

わずかに首を傾げ、上目遣いにルイスを見上げながら、アリシティアは必死に頭を回転させる。

「僕の最愛の婚約者の社交界デビューなのだから当然だよ」

ルイスは甘い微笑を浮かべながら、アリシティアの柔らかな頬にキスをした。

（私の婚約者がおかしくなった……）

目を見開いたまま硬直するアリシティアの背後で、使用人、主にメイドたちが、声にならない悲鳴を上げているのがわかる。

硬直して、なんなら瞬きすらも忘れたが、ふいに「こほん」と咳払いが聞こえて、アリシティアははっと我に返った。

アリシティアの執事が、玄関扉を開けて待っている。見送りの使用人たちは、皆笑顔で、なんとなくいたたまれない。

「あの、行きましょう？」

アリシティアは、再び上目遣いにルイスを見上げた。

「うん。行こうか」

ルイスはアリシティアの腰を抱いて邸を出た。

侯爵家の豪華な馬車は、揺れが少なく乗り心地が良い。けれど、目の前のルイスがずっとアリシティアを見つめてくるので、居心地は悪かった。

十歳でルイスに存在そのものを拒絶され、その後空気のように扱われた。

そして八年ぶりに会話を交わして、意図せず触れ合うことになって以降も、アリシティアは自分の置かれた立場を心に留めるために、ルイスをラローヴェル侯爵か、閣下と呼んでいた。

ルイスの甘い声や蕩ける様な瞳に、触れる手に、ほんの少しも勘違いしないようにと。

ずっと視線を向けられたままの沈黙に耐えられなくなったアリシティアは、思い切って、ルイスを見上げた。つい睨みつけるようになってしまうのは、仕方のないことだ。

「あの、先程のあれはどういうことですか？」

「……先程のあれ？　僕は君の婚約者として、何か間違っていた？」

「いいえ。普通の婚約者なら、何も間違ってはおりません。ですが、影としての私たちの関係は別として、私たちはずっと婚約者としての交流は、ありませんでしたよね。あなたはいつも大切なお姫様と一緒で……」

アリシティアはつい皮肉を口にしてしまい、失言に口を閉じた。たとえ心で思っていても、口に出したくはなかった。

十一歳でエヴァンジェリンに出会ったルイスは、アリシティアが止められなかったあの惨劇で負った心の傷をエヴァンジェリンに癒され、彼女に恋をする。

それを最初からわかった上で、アリシティアはルイスとの婚約を強行したのだから。

とはいえ、ルイスが他の人に恋しても、アリシティアがどれだけ憎まれて嫌われても、二人の婚約は解消されない。

それは当然といえば当然だ。この婚約は王命のようなものだ。

ルイスからは簡単には解消できないし、エヴァンジェリンが王に頼んでも、聞き入れられないだろう。

それは、幼い日のアリシティアが、そうなるよう仕向けたのだから。

＊＊＊

幼いアリシティアは母に言ったのだ。

大好きなルイスと婚約したい。でも、それがだめならアルフレードと結婚する。アルフレードも承諾してくれて、アリシティアがルイスと婚約できなければ、自分の側妃にするとアルフレードは彼の名前にかけて誓約まで交わしてくれたと。

王族の誓約は、子供の口約束で済むものではない。名前にかけて誓約したというのは、誓約を破れば王族としての名を捨てるという宣言でもある。

とはいえ、王となるアルフレードにとっては、側妃の一人や二人増えても大した問題ではなく、この誓約を守るのは容易《たやす》い。二人が兄妹でさえなければ。

アリシティアが真実を知っていると知らない母は、それを聞いて顔面蒼白になった。兄妹間の結婚など、王族と言えどあり得ない話だった。

結果的に、その数日後、アリシティアとルイスの婚約が決まった。母が陰で王に泣きついたのは明白だった。

アリシティアを実の娘と信じている国王からしても、アルフレードにアリシティアを選ばせる訳にはいかなかったのだろう。

この件を放置したまま二人が大人になって、本人たちが真剣に愛し合うような事態だけは避けたかったに違いない。

何よりも、国王はアリシティアを不憫に思っている。だから王位継承権を持つルイスと婚約などできる地位でなくとも、アリシティアが望むならと、ルイスと婚約させることにしたのは、容易に想像できた。

本来であれば、ルイスは小説の設定資料集にしか出てこない、名無しの婚約者と十歳で婚約する。その一年も前に彼女からルイスを奪って婚約したことに、罪悪感を抱かない訳ではない。

けれど王女と出会ったルイスは、婚約者がいるにもかかわらず、純粋無垢な王女に恋をする。そしてアリシティアが何もしなければ、二十一歳で王女のために死んでしまう。

アリシティアがルイスとの婚約を早い者勝ちとばかりに奪っても、奪わなくても、名無しの婚約者は、ルイスとは結婚できない。

しかも死の間際ですらも、その存在を思い出してもらえないのだ。

であるなら、ルイスの本来の婚約者は、最初からルイスと婚約などせず、別の人と婚約した方が幸せになれるのではないだろうかと、心の内で言い訳をする。

アリシティアは目を伏せ、浮かび上がる罪悪感に蓋をした。

＊＊＊

話の途中で口を噤《つぐ》んだアリシティアの言葉の先を察して、ルイスは短くため息を吐いた。

「確かに僕は十一歳でエヴァンジェリンの……王女殿下の勉強相手に選ばれ、多くの時間を一緒に過ごした。そして、彼女の友人でもある。その事実は否定しない」

「そう……ですね」

「でも今日は君のデビュタントで、僕は誰よりも君に心酔する君の婚約者だ」

「心酔？」

アリシティアは目をぱちぱちと数度瞬かせた。長いまつ毛が上下する。

「叔父上から聞いただろう？　方針を変えると。そういうことだよ」

「確かに王弟殿下はそんなことを言ってはいましたが……。けれど、それがさっきの態度ですか？　今まで人前で私の存在をないものとして扱ってきたのに？　今更？」

アリシティアは訝《いぶか》しむように、ルイスを見上げる。そんな彼女にルイスは蕩けるような甘い微笑のまま答えた。

「世間にほとんど知られていなかった、愛しい君の社交界デビューだ。僕と君の関係性を世間に知らしめるタイミングとしては、最も相応《ふさわ》しい場だろう？　それにこれは君の希望に沿うことにもなる。叔父上から聞いたよ、悪役令嬢になるのは嫌なんでしょ？」

「それは、……確かに？」

デビュタントで、ルイスがアリシティアを王女よりも丁重に扱えば、王女との噂が間違いだと周囲は思うだろう。

そうしたら、恋人同士を引き裂く、嫌われ者の悪役扱いではなくなるはずだ。

「そういうことだから、よろしくね。僕の可愛い婚約者殿。さっきのリッテンドール邸でのような、いちいち固まったり、返事に詰まったりするような無様な姿は晒さないでね？　君は僕の最愛なのだから」

つまり、ルイスからしっかりと愛され、その愛を疑わない幸せな婚約者の演技をしろということなのだろう。

「演技は苦手なんです」

「そんな言い訳、貴族令嬢としても、影としても許されないよ。これも君のお仕事だよ。頑張って。僕の最愛の婚約者殿」

「……善処します」

不承不承答え、顔を逸らしたアリシティアを見つめながら、ルイスは見る者を魅了する笑みを浮かべた。

＊＊＊

穏やかな夕闇はその色を失い、白金の月が遥か東の空に姿を現した頃。

王宮の馬車止めからは、色鮮やかな衣装を纏《まと》った人々が次々と馬車から降り、王宮のホールへと歩いていく。

そんな中、ルイスにエスコートされたアリシティアは、真っ白なドレス姿で馬車から降り立つ。

周囲の視線が二人に集まり、やがて、それはざわめきへと変わっていった。

まだ夜会が始まるには早い時間帯だ。見上げた夜空は晴天であるのに、アリシティアに向けられる不躾な視線の数々は、嵐の前触れのようだった。

この国での社交界デビューは、まずは王宮の夜会で君主に謁見し、そこで君主より歓迎の言葉を賜ることにより、社交界の一員として認められる。

とはいえ、社交界デビューする者全員が王宮の夜会に出られる訳ではないので、地方の領主や高位貴族が、主催する夜会で王の代理をすることが多い。

アリシティアたちはまずは舞踏会の開かれるホールの二階にある、デビュタントたちの控えの間へと案内された。

「緊張してる？」

ルイスが悪戯な猫のように目を輝かせ、吐息が耳にかかる程の距離で、甘く囁く。

同時に室内の空気が揺れた。周囲の人々の囁きが波のように寄せてくる。皆、ルイスと、その同伴者に興味津々だ。

そんな周囲など気にする様子もなく、ルイスはアリシティアの髪に指を絡めて、頬に触れ、意味もなく指先にキスをする。

「少し。でも、ルイス様がそばにいてくださるから、心強いですわ」

アリシティアは、ルイスを突き飛ばしたい衝動に耐え、できる限り優雅な微笑みを浮かべてみせた。

この控えの間には、使用人を除けば今夜が社交界デビューのデビュタントとそのパートナー、他には数人の保護者がいるだけだ。

もちろん、王の甥であり、王位継承権第四位のルイスの顔を知らない者などいない。そして、ルイスと王女の噂も。

だからこそ、誰もがアリシティアとルイスの会話に耳をそばだて、そっと様子を窺っている状態だ。

とてつもない居心地の悪さを感じ、それでも耐えていると、程なくしてアリシティアの名前が呼ばれた。

絢爛《けんらん》な広間の最奥には、王と王妃が玉座に腰掛けていた。

現在の王妃はエヴァンジェリン王女の母であり、国内で最も権力を持つ一族の出だ。彼女の派閥は、エヴァンジェリンを女王にする機会を虎視眈々と狙っていると噂されている。

玉座の前までルイスがアリシティアをエスコートする。その後ルイスは軽く頭を下げ、斜め後ろへ下がった。

ドレスを軽くつまんだアリシティアは、国王の前で流れるように優雅に膝を折り、頭を垂れた。

「アリヴェイル伯爵ユリウスが娘、アリシティア・リッテンドールにございます。此度は両陛下に拝謁が叶いまして、恐悦に存じます」

「久しいな、アリヴェイル伯爵令嬢。ああ、面《おもて》を上げて楽にするがいい」

国王の言葉に頭を上げたアリシティアは、わずかに目を細め淡い笑みを浮かべた。

「お久しゅうございます、国王陛下」

「ああ、よく来たなアリシティア。そなたが社交界にデビューする日を待ちかねていたぞ。そなたが亡きアリヴェイル伯爵夫人のスカートの後ろに隠れて、顔だけ出していたのが懐かしい。私が焼き菓子を差し出した途端に、瞳を輝かせて駆け寄ってきて、伯爵夫人に叱られていたな」

闊達《かったつ》に笑う国王の台詞に、アリシティアが数度瞬き、困ったように苦笑する。

「お恥ずかしい限りです。どうぞ、そのことはお忘れくださいませ、陛下」

アリシティアの反応に、国王は優しげに目を細めた。

「そうか。ならば、ここだけの秘密としよう。アリヴェイル伯が娘、アリシティア・リッテンドール。女神リネスに愛された証を持つ娘よ。その美しい女神の瞳は我がリトリアン王国を、夜明けへと誘う至宝。我が国の社交界は、そなたを歓迎する。今宵は存分に楽しんでゆくがよい」

「ありがたき幸せに存じます。国王陛下」

再びアリシティアは、国王に礼をとった。

「ルイス」

「はい、陛下」

国王はアリシティアの斜め後ろに立つルイスに目を向けた。

ルイスが胸に手を当て、礼をとる。

「アリシティアはそなたの婚約者ではあるが、我が息子や私にとっても、幼き頃から親しくしてお
る娘だ。くれぐれも大切にな」

「もちろんです。彼女は私の最愛の婚約者ですから」

ルイスは天上人のような優美さで、微笑を浮かべた。けれど……

(——嘘吐き)

つい、咄嗟に口をついて出そうになった言葉をアリシティアは飲み込む。

彼女の胸の内には、海の泡のように、七年前に目にした光景が浮かび上がった。

＊＊＊

よく晴れた春の日の、離宮近くの湖のほとり。野の花が溢れる花畑に座るお姫様《エヴァンジェリン》と、そんなお姫様の前に片膝を立て跪《ひざまず》き、白い花で綺麗に編まれた花冠をかぶせるルイスがいた。

頬を染めてはにかむお姫様を、優しく甘い瞳で見つめるルイス。

湖面がキラキラと陽の光で輝き、一枚の絵画のように、色鮮やかで美しい光景。完成された一つの世界。

彼らの世界には、他の何者も入る隙などありはしないと思い知った。

それはアリシティアにとって、この世界からの完全な拒絶を意味した。

『ねえアリス。来年はもっと上手く作れるようになるね。これからも春になる度、君だけに花冠を贈るよ』

いつかそう言って微笑んだ、あの猫のような甘えたがりの少年の未来に、アリシティアの居場所は、本当になくなってしまった。

その夜、アリシティアは泣きじゃくった。けれど、どれ程傷つこうが、何年経とうが、アリシティアの恋心は消えることがなかった。

＊＊＊

——今考えても救いようがない。

八年だ。八年もの間、婚約者であるにもかかわらず、拒絶され、存在自体を無視され続けた。それでも、その想いは変わらなかった。

アリシティアは、在りし日を思い出し、物憂げに目を伏せた。

国王はそんな彼女の真意を探るように、玉座から二人を見据える。

「ルイス、覚えておけ。どんなに大切なものも、たった一つ選択を誤っただけで、そなたの指から零れ落ち、二度と拾うことは叶わぬと」

ルイスはわずかにではあるが、目を見開いた。そして自嘲するような表情を浮かべ、視線を下に向けた。

「……承知しております」

「ならばよい。二人とも今宵は楽しんでいきなさい」

国王は威厳のある声で、二人に告げた。

「ありがとうございます、陛下」

アリシティアは再び、国王に恭《うやうや》しく頭を下げた。

国王への拝謁を終え、謁見の間を後にしたアリシティアは、夜会の会場となるホールに下りる階段の手前に立っていた。

輝く魔石で作られたシャンデリアの光の下、ホールは多くの生花で飾り立てられ、色鮮やかな衣装を纏《まと》った貴族がひしめいている。

アリシティアはこれまで何度か貴族の夜会に潜り込んだことはあったけれど、王宮の夜会をこうやって、高いところから見渡すのは初めてだ。

目に飛び込んできた煌びやかな世界に、思わず息を呑む。

緊張で足が震えそうになっていると、ルイスの顔が耳元に寄せられた。

「大丈夫だよ。僕がそばにいる。僕を信じて」

ルイスがアリシティアにだけ聞こえる声で、囁いた。その声にはいつもの皮肉は含まれていない。

「ええ」

早鐘を打つ心臓が落ち着く訳ではない。けれど、少しだけ心強いと感じてしまった。

そしてホールに響き渡る声で、ルイスの名と共に婚約者としてアリシティアの名が告げられた。

その瞬間、会場中から一瞬音が消えた。

社交界で最も美しいと言われ、見る者を魅了する若き侯爵は、甘い笑みを浮かべる。

全ての人の視線を集めることなど、当たり前だとでも言うように……

ルイスのエスコートを受けたアリシティアは、練習に練習を重ねた極上の微笑みで、ホールへと続く階段を一段一段、ゆっくりと下りていった。

緊張で吐きそうだし、心臓は大暴れしている。けれど、ルイスの隣にいる限り、そんな気持ちを表情に出す訳にはいかなかった。

階下の人々からは、様々な感情のこもった視線が向けられる。それは決していいものだけではない。

とてつもない緊張が押し寄せてきた、その時。

「アンジェラ様……」

小さくだが、はっきりと聞こえた。

「そっくりだ」

「どういうことだ？　彼は王女殿下の婚約者候補ではなかったのか」

「婚約者がいたのか。あの瞳の色は……」

「確かアンジェラ様の曾祖母が王家の姫君だったような……」

会場中のあちこちで囁かれたのは、間違いなくアリシティアの母、アンジェラの名前だった。

「お母様？」

ホールに降り立ったアリシティアは、無意識に一人呟く。

「ああ、亡きアリヴェイル伯爵夫人は、かつては社交界の花だったからね。今も彼女を知る者は多いよ」

「そう、でしたか」

社交界を嫌う父と同じく、母も社交界にはほとんど縁がないと思っていた。

だが、母は王家の傍系であり、あれ程頻繁に王宮に出入りしていたのだ。よく考えれば、社交界に関わりがない訳がなかった。

「知らなかった……」

アリシティアの独り言に、ルイスはくすりと笑った。

「社交界での家族に関する噂を知らないなんて、ありえないね。影として以前に、貴族としてどうなの？　いつどこで誰に陥れられるかわからない世界だよ」

ルイスの唇から出る甘い声は、いつものごとく嫌みったらしい。

「もちろんそんなことはわかっています。だけど私は所詮、引きこもり令嬢ですから」

拗ねた子供のように、アリシティアは小さな声で言い返した。

アリシティアは十歳以降、公《おおやけ》の場だけではなく、子供たちのお茶会やパーティーにすら、一度も姿を見せてはいない。世間的には完全なる引きこもりだ。

そんなアリシティアを、ルイスは蕩けるような甘い瞳で愛おしげに見つめる。

「それは昨日までのこと。ダンスの後は、国内外の情報網を持つ貴族や商人、あと、噂を広めるのが得意なご婦人たちを紹介するからね。頑張って気に入られてね？」

ルイスはまるで内緒話をするように、アリシティアの耳元で、嫌がらせのような台詞を囁く。けれど、声のトーンと表情の甘さの差が酷い。

「もう嫌。私はその他大勢の脇役のように、ひっそり社交界デビューしたかったのに……」

泣き言を言うアリシティアの頬に手を当て、ルイスは彼女の顔を覗き込んだ。

「そんなこと言っても、もう無理なのはわかっているだろ？　頑張って」

アリシティアの頬を撫で、ルイスはその頭上にキスを落とす。

瞬間、会場のざわめきが大きくなる。

周囲の視線が自分たちに集中しているのを、アリシティアは肌で感じた。

(――終わった。私の平和なモブな悪女生活が、今終わった)

肩を落として項垂れそうになるのを、アリシティアはプライドだけで持ちこたえた。

ドSで嫌みで意地悪なアリシティアの最悪の婚約者は、見事なまでに、溺愛婚約者に様変わりしていた。

「悪魔……」

「何か言った？」

「いいえ。私の婚約者はこの会場の誰よりも美しいと思っただけです」

「そう？　だけど、この会場で最も注目を浴びているのは君だよ」

（そりゃそうでしょうよ……）

王女の恋人候補と目されていた、見る者全てを魅了する社交界の花である青年が、ぽっと出の女を婚約者として連れて現れたのだ。

しかもかつての社交界で有名だった母親とそっくりな姿に加え、この国の王族の始祖でもある、地上に降りた女神リネスと同じ瞳の色。

注目を浴びない訳がない。

（しかも、登場と同時に甘々の溺愛モードだもの。誰だって気になるに決まってる。私が本来のモブのままなら、かぶりつきで見物してるわ）

ルイスの手はしっかりと、アリシティアの腰に回されていて、至極顔が近い。そして一言話すごとに、頬に触れ、髪を撫で、頭上やこめかみに甘いキスを落とす。

（この人には羞恥心ってものがないの？　……ああ、ないな。子供の頃からスキンシップが激しかったし、キス魔だったわ）

事あるごとにキスされていた幼い日を思い出し、アリシティアは遠い目になった。

あの頃も今も、アリシティアにとっては、前世で飼っていた猫にじゃれつかれて、額を擦り寄せられているのと同じ感覚だ。

恋を自覚した現在は多少の気恥ずかしさはあるものの、アリシティアは幼い頃と同じくそれを当たり前のように受け入れていた。

そんなアリシティアの態度が、周囲の人々に『これがこの二人の間では当たり前のことなのだろう』と確信させたことなど、アリシティアは知らない。

そしてこの時点で、王弟を後見に持つラローヴェルが、王女との婚姻で王妃の派閥に下ることはないと、有力貴族が判断していたことも。

＊＊＊

アリシティアはぼんやりと考えていた。

この『方針転換』とやらについて、王弟は、王女エヴァンジェリンへの『お仕置き』だと言っていた。

確かに今夜、エヴァンジェリンは自分の本来の立ち位置を思い知らされるだろう。

ルイスとアリシティアの婚約は王命に近い。そのせいで、エヴァンジェリンが何度王や王妃に頼んでも、この婚約には手を出せなかった。

それでも、アリシティアという婚約者の存在がほとんど知られていなかったこともあり、ルイスがエヴァンジェリンの恋人候補だという噂は常にあった。

だが、婚約者であるアリシティアが社交界デビューしたことに加え、ルイスの今夜の態度で、全てがただの噂に過ぎないと判断された筈だ。

そうなると、王女であるエヴァンジェリンは、今後公《おおやけ》の場で必要以上にルイスに近寄ることができなくなってしまう。

アリシティアは、改めてため息を吐きたくなった。

ルイスは平然と溺愛婚約者を演じているが、ルイスはこれでいいのだろうか。

アリシティアは隣に立つ婚約者を見上げる。

小説のルイスは、エヴァンジェリンを愛してはいたけれど、彼女と結ばれたいとは思っていなかった。過去の父と母の罪は自分の罪であると考えていたルイスは、穢《けが》れのない純粋で美しい彼女を、自らが穢《けが》すことを恐れていたのかもしれない。

目の前の現実のルイスも同じだろうかと、アリシティアは考えていた。

ただ、ルイスはどうであれ、エヴァンジェリンの方は割り切れはしないだろう。恋心はそんなに簡単に、消えたりしない。

これまで自分の手の中にあると思っていたものが、突然消えてしまう絶望。

それはアリシティア自身が、誰よりも知っていた。

＊＊＊

周囲の招待客たちの視線は、見事にルイスとアリシティアに集まっている。興味だけではなく、嫉妬、中には殺意まで感じる。

これまでも、夜会や仮面舞踏会には何度か変装して出たことがある。だが、それとは大違いだ。

今夜からは正式に社交界の一員となる。

今まで出た夜会でのような、気楽な立場ではなくなるということを、アリシティアは実感した。

「緊張して喉が渇いただろう？」

ルイスは通りかかった給仕の盆から、イチゴが浮かんだ淡いピンク色の飲み物と、白ワインを取った。イチゴが浮かぶグラスをアリシティアに差し出す。

「ありがとうございます、ルイス様」

礼を言うアリシティアに、ルイスは微笑む。

「僕といる時は、影としてのいつもの訓練も兼ねているからね。男から渡された酒には警戒して。給仕から自分の手元に来るまで、手渡す相手の手元を決して見逃さないように。給仕と手を組んでいることもあるから視線にも気をつけてね」

ルイスは囁きながら周囲を見回し、「いや、女からも危ないかな」と、くすりと笑った。

「……それはわかってはいますが、私はあなたのことは信用してもいいのでしょう？」

内緒話の続きとばかり、つま先立ちでルイスの耳元に唇を寄せ、まるでキスをするようにアリシティアが囁く。

吐息が耳にかかった時、ルイスの体が小さく揺れた。

「ん？」

アリシティアはルイスの真似をして、あざとく小首を傾げ、どこか挑発するような目で微笑む。

ルイスはそんな彼女を驚いたようにしばし見つめていたが、やがて、砂糖菓子のように甘い笑みを浮かべた。

その姿は、いっそ背徳的とも言える程に、妖艶な色香を纏《まと》っていた。

「どう思う？」

瞬間、アリシティアの胸は大きく脈打った。心臓を鷲掴みにされたような感覚に、思わず後退りしそうになる。けれど、アリシティアの腰を抱くルイスの手が、それを許さなかった。

アリシティアは自らを落ち着かせるために、ほんの少しだけ手渡された飲み物を口に含む。

甘い香りの、イチゴ味のアルコール度数の低いお酒だった。とても飲みやすくて、そのままグラスの半分程飲んで。

自分の体が、わずかに熱を持ち始めたのを感じた。

（やられた！）

平然としているルイスを見て、アリシティアは小さく舌打ちする。目の前の婚約者を睨みそうになるのを必死に耐えた。

代わりにできる限り、優雅に微笑んでみせる。

（何が『僕を信じて』よ！）

アリシティアが内心で罵詈雑言を並べようとした時、新たなアナウンスが響き、会場に王族が姿を現した。

威厳たっぷりな国王に続き、煌びやかな衣装を纏《まと》った王族が二階の階段ホールに並び、階下のホールへと降りてくる。

階下には護衛たちが待ち受けており、ホールの中央を進む王たちの後に続いた。

ホールの人々は、王族が近づいてくると、流れる波のように順々に腰を落としていく。

アリシティアも同様に笑みを浮かべ、スカートをつまんで腰を落とした。目の前を国王、王妃、アルフレードに続いて、春の女神のように清楚で上品なドレス姿のエヴァンジェリンが通り過ぎていく。

アリシティアは不躾にならないように、エヴァンジェリンへと視線を向けた。

彼女は表情こそ淡い微笑を保っているが、その目は潤み、今にも涙が零れ落ちそうだ。

そして彼女の眼差しは、真っ直ぐにルイスに向けられていた。

彼女の儚げな姿は、抗えない力によって愛する人と無理矢理引き裂かれた悲劇の王女そのものに見えた。

アリシティアは思わず視線を足元に落とす。胸が苦しくなり、喉が圧迫されているかのような息苦しさを感じる。不安が押し寄せ足から力が抜けそうになり、視界が揺れた。

得体の知れない恐怖が、心の奥底から染み出してくる。

もしかすると、隣にいるルイスもまた、エヴァンジェリンと同じような目で、通り過ぎていく彼女を見つめているのかもしれない。けれど、確認する勇気はなかった。

その時ふと、右手に温もりを感じた。

アリシティアの右手を握った手は、間違いなく隣に立つルイスのものだった。

「僕を信じて」

それはとても小さな囁きだったけれど、アリシティアの中の湧き上がった不安を消し去るには、十分すぎた。

王の挨拶の後、王と王妃が最初のダンスを踊り、続いてデビュタントたちが踊りの輪に加わった。

ファーストダンスを踊り終えたアリシティアは、ルイスに手を引かれてダンスホールから抜け出す。ダンスを踊ったせいか、体はさらに熱を帯びていた。

二人の周囲には、ルイスと踊りたい令嬢たちが徐々に距離を詰めてきている。

なんとか彼女たちにルイスを押し付け、そっと会場を抜け出せないだろうかと、アリシティアが考えていた。

すると、周囲の人々が左右へと割れ、アルフレードが姿を現した。アルフレードはアリシティアの前に立ち、キラキラした笑顔で優美な礼をとる。

「アリヴェイル伯爵令嬢。社交界デビューおめでとう。我が従兄弟の美しき婚約者殿と踊る栄誉を、私にいただけないだろうか」

アリシティアがちらりとルイスを見上げると、ルイスが頷いた。

「ありがとうございます、王太子殿下。喜んでお受けいたします」

アリシティアは差し出された王太子の手にそっと右手を乗せ、膝を折り略礼をした。

(馬鹿なの、アル兄さま！　王太子が、たかだか伯爵令嬢の元に真っ先にダンスのお誘いに来ないでよ！)

アリシティアは表面的には笑顔を取り繕っているが、内心では叫びたい気分だった。周囲の令嬢たちの刺々しい雰囲気が、肌に刺さる。

とはいえ、これは彼女にとっては絶好の機会なのだ。

アルフレードと踊っている間に、猛禽類のごとくルイスに狙いを定めている令嬢たちにルイスを捕食させれば、早々に自分は逃げ出すこともできるだろうから。

アリシティアは、借りてきた猫を頭上に数匹かぶって、艶やかに微笑んだ。

「アリス、君をこうやってダンスに誘える日が来たことを、本当に嬉しく思うよ。幼い頃の君は触れれば消える雪の妖精のようだったけれど、デビュタントのドレスに身を包んでルイスの隣で微笑む今の姿は、地に降り立った女神リネスのように美しい」

しかし、アルフレードから想定外の言葉が飛び出した。

（はぁ？　今度はなんの設定？）

アリシティアは心の中で叫びつつも、即座に言葉の意味を理解する。

アルフレードとアリシティアは親しい幼なじみで、アリシティアが子供たちの社交の場にも出てこなかったのは、病弱だったためだと、周囲に思わせようとしているのだ。

（今の一言がなければ、王太子はあくまでも従兄弟の婚約者をダンスに誘っただけだという体裁が取れたのに！）

「酷いです王太子殿下……。社交界の令嬢方には、私たちが幼なじみだと知る人なんてほとんどいなかったのに」

あえて『王太子』と呼ぶのは、この場には唇の動きを読む人間が多くいるからだ。

ホールの中央に引き出されたアリシティアは、優雅に踊りながらも文句を言う。

「仕方がないだろう？　今まで、エヴァンジェリンがルイスと親しくしていたから、王女からルイスを力ずくで奪おうとする人間なんていなかった。けれど相手がほとんど名も知られていないような伯爵家の君であれば、権力で排除できると考える愚か者がいるかもしれない。だけど私と君が親しいとわかれば、流石にそういう輩も減るだろう？」

「確かに、王太子殿下を敵に回すようなことをする人がいるとは思えませんが……ルイス様を狙う女性だけではなく、王太子妃の座を望む人からも敵視されるじゃないですか。私は誰からも注目されない、壁の花になりたかったのに」

「そんなの、どう足掻いても無理だろう？」

ルイスのせいで……とでも言うように、アルフレードは残してきたルイスへと視線を向ける。つられてそちらを見ると、案の定『社交界の歩く媚薬』は、ご令嬢たちに囲まれていた。

「これまでエヴァンジェリンに遠慮していた令嬢たちも、やはり君が相手なら一切遠慮はしないようだ」

「私ごときからであれば、ルイス様を簡単に奪えると？」

「まあ、本当に奪えるかどうかは別として、そう思われているんだろうね。『社交界の歩く媚薬』の婚約者は大変だ」

くすくすと笑うアルフレードを、アリシティアは拗ねたように睨みつける。

そんな二人の親密な様子が、王太子を狙う令嬢たちを苛立たせていることなど、アリシティアは気づいていなかった。

「もう一曲踊る？」

一曲を踊り終えて問うたアルフレードに、アリシティアは不敬にも白い目を向けた。

「踊りません。お戯れはおよしくださいませ、王太子殿下」

「それは残念」

アリシティアはツンと澄ました顔で答え、一歩下がり王太子に礼をとる。アルフレードも礼を返した後、アリシティアの手を取り、踊りの輪から抜け出した。

ふと先を見ると、ルイスは先程よりも多くの令嬢たちに囲まれていた。

だが、アルフレードが歩き出すと、ご令嬢方のドレスの裾が波のように揺れる。ルイスの周囲の人垣が割れ、真っ直ぐな道ができていった。

アルフレードからアリシティアの手を引き取ったルイスは、誰をも魅了する甘ったるい笑みで、周囲の令嬢たちを見回す。

「先程も幾人かのご令嬢には伝えたけれど、今夜は僕の最愛の婚約者の社交界デビューなんだ。だから、僕は彼女としか踊らないと決めている。皆のように美しい方々から誘っていただけるのはとても光栄だけど、今夜は僕の最愛の人を優先させてほしい」

周囲の令嬢たちからは、ほっと感嘆の吐息が漏れた。

（よく言うわ！）

アリシティアは心の中で毒づく。

じっとりと睨みつけたくなるが、アリシティアはなんとかその衝動を抑え、ルイスを見上げて微笑んでみせた。

本当は頬を染めて、照れたりするべきなのだろう。だがアリシティアには、そんな器用な真似はできないのであった。

アルフレードが去った後、ルイス目当てに集まっていた女性たちもまた、周囲から離れていく。

それを見たアリシティアの体から、緊張が解けた。それと共に、自らの体の芯を苛《さいな》む熱と、わずかに灯り始めた情欲の疼《うず》きが徐々に強くなっていくことを自覚する。

改めてルイスに文句を言おうとした時、一人の令嬢が声をかけてきた。

「あの、ルイス様。少しだけお時間をいただけませんか？」

淡いピンク色のドレスを着た、大きな目の、小ウサギのように可愛らしい女性だ。

「インサーナ子爵令嬢、僕は君に名前を呼ぶ許可を出した記憶はないのだけれど？」

途端、ルイスの声から、いつもの甘さが消えた。仮面のような笑顔で、声をかけてきた令嬢を見据える。

ルイスの急激な変貌を見て、令嬢の肩がピクリと揺れた。

「あ……の、申し訳、ございません。ラローヴェル侯爵閣下。いつもエヴァンジェリン殿下が、侯爵閣下を名前で呼んでいらしたので、つい……」

「そう。では、次からは気をつけてほしい。僕は君とは違い、友人とただの顔見知りを明確に分けるから。――それで、君の話というのは今ここですべきものなの？」

ルイスにしては珍しく、言葉にまで棘がある。

あまりにもいつもとは違うルイスの態度に、アリシティアは心配するように、彼を見上げた。それに気づいたルイスは、大丈夫だとでも言うように目元を緩め、アリシティアの頬を撫でた。

インサーナ子爵令嬢はふるふると震えながらも、縋《すが》るようにルイスを見上げている。

エヴァンジェリンと違う意味で、庇護欲をそそる女性だ。ただ、彼女の要件が、今ここで話すべきではない話だということは、アリシティアにもわかった。

なぜならインサーナ子爵令嬢は、先だっての闇オークションの夜、アリシティアを仮面舞踏会の会場から誘拐犯の待ち構えている庭園に連れ出した、その人なのだから。

「あの、どうしてもお話ししたいことがあって……。それで、ここではなんですから、よろしければバルコニーで――」

「さっき他の令嬢方にも言ったが、今夜僕は、愛しい婚約者殿と一緒にいたいんだ。話は後で僕の部下が聞くよ」

「え？」

ルイスの答えが予想外だったのか、インサーナ子爵令嬢は、呆然とした様子でルイスを見ていた。

「失礼」

ルイスはアリシティアの腰を抱いて、立ち尽くす令嬢に背を向けた。

子爵令嬢から離れたアリシティアが振り返れば、立ち尽くしたままの彼女と視線が合う。子爵令嬢の唇は固く結ばれていたが、彼女がどんな気持ちでいるか、アリシティアにはわからなかった。

「いいのですか、ルイス様。あの夜のことでは？」

「だろうね。だとすれば余計にこんなところで話すべきことじゃない。人気がない場所だろうが、誰が聞いているかわからない」

「まあ、そうですが……」

アリシティアはなんとなく、子爵令嬢を気の毒に思った。

彼女の立場では王女であるエヴァンジェリンのお願いなど、命令に等しい。あの夜の庭園で、彼女は誘拐犯のターゲットにこそされなかったが、目の前でアリシティアが攫われ、怖い思いをしただろうし、罪悪感も覚えただろう。

「ねぇ、そんなことよりも、体は大丈夫？」

ルイスの問いに、アリシティアの頬がぴくりと震えた。

「……大丈夫じゃないことなど、あなたが一番ご存じでしょう？」

「だよね。でも挨拶が終わるまでは耐えてね。そうしたらご褒美をあげるよ」

唐突に立ち止まり、ルイスはアリシティアの顔を覗き込む。砂糖菓子のような甘い笑みを浮かべ、アリシティアの耳に唇を寄せ、耳たぶを食む。

「んっ！」

アリシティアの肩が跳ね、意図せず甘い吐息が零れた。

（いきなり何するの⁉）

アリシティアは抗議の意味を込めてルイスの腕に添えた手にきゅっと力を込める。

ルイスは目を細め、蕩ける瞳でアリシティアを見下ろし、指先でそっとうなじをなぞった。アリシティアの体が、思わぬ快楽に震える。

「ああ、だめだよ。そんな男を誘うような顔をしては」

「誘ってなんていません。そもそも私の体がこんなになっているのは、誰のせいだと――」

アリシティアは諸悪の根源を睨みつけた。けれど瞳は潤み、頬が紅潮している。その姿があまりに扇情的で、男の劣情を刺激することなど、彼女は知りもしない。

「僕かな？　でも、僕以外にそんな顔を見せたら、ご褒美じゃなくて、お仕置きをするから、覚悟して」

「なんですかそれは。酷い」

「僕が君に酷いことをするのなんて、いつものことだろう？」

ルイスはアリシティアのこめかみにキスをして、くすくすと笑う。

アリシティアにはその笑みが、淫魔の微笑みに見えた。

ダンス前の宣言通り、ルイスに連れられたアリシティアは、様々な人に紹介され、似たような挨拶と社交辞令を延々と繰り返していく。

皮肉や嫌みを言われ、典型的な意地悪をされるのではと覚悟していた。だが、ルイスに直接紹介された人から、悪意を向けられることはなかった。

代わりに、何やら生暖かい視線を向けられてはいたけれど……

一方、ルイスがアリシティアに蕩けるような笑みを向け、甘い言葉を囁き、キスをし、撫でるように髪に触れる度、ご令嬢方の敵意や嫉妬の視線がこれでもかと言う程に突き刺さってきた。

（もし、悪意のある視線で人が殺せるなら、今夜だけでも、私はきっと十回以上死んでいるわ）

アリシティアは、体を蝕《むしば》む熱に耐えながらも、必死に微笑みを浮かべ続けた。だというのに、ルイスはアリシティアで遊ぶように、腰のラインを撫で上げ、刺激を与えてくる。

そんな不埒な指先を払いのけようと、わずかに振り返ると、エヴァンジェリンの姿が視界に入った。

アリシティアは息を呑み、無意識にルイスの服の袖を掴む。

それに気づいたルイスは、アリシティアの視線の先を盗み見て、彼女の腰を引き寄せた。耳元に顔を近づけ囁く。

「向こうに行こうか」

「いいの？」

アリシティアの問いは至極真っ当なものだ。王女は間違いなく、ルイスに向かって歩いてきているのだから。

だが、ルイスはアリシティアを安心させるように、彼女の胸元に流れる銀の髪を手に取り、そっと口付けた。

「邪魔されたくない」

ルイスの言葉に驚いて目を瞬かせるアリシティアを見下ろし、ルイスはいつもの胸焼けするような甘い笑みを浮かべ、彼女の細い腰に手を添える。

「行こう、アリス。マイオール子爵夫人を紹介するよ。彼女は宝石のデザイナーでもあるんだ」

王女の存在に気づいていながら、ルイスはあからさまに無視して歩き出した。

そんなルイスの行動に、エヴァンジェリンは大きな目を驚いたように見開き、そして、手の中の扇子を、軋む程に強く握りしめる。

王女の敵意を含んだ視線は、ルイスではなくアリシティアの背中に向けられていた。

＊＊＊

夜会の会場で、アリシティアは王女の恋の成就を望んでいた人たちや、ルイスを狙う令嬢方の敵対心を、見事に開花させてしまっていた。

しかも、王太子妃の座を狙うご令嬢方にまで嫌みをぶつけられたり、逆に擦り寄られたりして、その心労に際限はない。

だというのに、媚薬を飲まされた下腹部の疼《うず》きと焦燥感は収まるどころか、時間の経過と共に耐えがたい程強くなっていった。

この先の小説の展開を考え、アリシティアは令嬢誘拐事件について、できるなら今夜の夜会で何か一つでも情報を集めたいと思っていた。

それなのに、何を考えているかわからない婚約者のせいで、アリシティアの体は情欲に犯され、熱に翻弄され思考が定まらない。

ただ、今夜の夜会では、ルイスがアリシティアを溺愛する姿を周囲に見せつけることには成功した。アリシティアはルイスに愛されている婚約者で、ルイスと王女の関係を引き裂く悪役ではなくなったのだ。

それどころか、常にルイスを視線で追いかけているエヴァンジェリンこそが、権力を使って愛し合う婚約者同士を引き裂き、ルイスを無理やりそばに置いているように見えたかもしれない。

今回のことは、お姫様へのお仕置きだと王弟殿下は言った。そして、立場をわからせるとも。その相手はお姫様ではない。

つまりこれは、ラローヴェルとその後見である王弟が、決して王妃の派閥に付かないという事実上の宣言だ。

この宣言のせいで、ラローヴェル侯爵の権力を取り込みたかった王妃の派閥には、アリシティアが邪魔な存在であると、認識されたことだろう。

小説の番外編と同じように、アリシティアは一年後の死亡フラグを見事に打ち立ててしまったのかもしれない。

……が、まあ、人の思惑だけはどうしようもないので、どうでもよい。

どうでもよくないのは、よりにもよって、婚約者に媚薬など盛ったルイスである。


「最悪！　婚約者の記念すべきデビュタントで、媚薬なんて盛る？」

怒涛の挨拶周りを終えたアリシティアは、ルイスにラローヴェル侯爵家に用意された休憩室に引き込まれた。目に涙を溜め、目の前の婚約者に文句を言う。

そんなアリシティアに、ルイスは蕩けるような甘ったるい視線を向け、嬉しそうに微笑んだ。

「よく我慢したね。約束通りご褒美をあげるよ、アリス」

妖艶でどこか背徳的な色気を纏《まと》ったルイスは、長い指でアリシティアの顎を上げる。

嬉しそうに目を細める顔は、何度見ても文句のつけようがない程に美しい。そしてこんな時の彼の色気は、普段の三割増しである。

そんなルイスに見つめられただけで、下腹部が疼《うず》いて腰が砕けそうになるのは、きっと盛られた媚薬のせいに違いない。ルイスのせいで、アリシティアの体の中で燻《くすぶ》り続けた情欲の熱は、限界に達しかけていた。

「何がご褒美、んん――っ！」

アリシティアの怒りをあっさりと受け流し、重ねられた唇は、文句を言う口を封じる。口内に侵入したルイスの舌が、逃げるアリシティアの舌を絡めとり、歯列をなぞる。室内には、重なった口元から漏れる水音と、二人の荒い吐息が響いていた。

体を離そうとしても、腰に回された手に捕らえられ、隙間もない程に強く抱きしめられている。足先が浮き上がりそうな状態で、腹部に当たる硬い熱の塊が、ルイスの興奮を伝えてきた。

アリシティアの熱を帯びた体は、零れる吐息と共に、呆気なく溶かされていく。

呼吸さえも奪うような口付けから逃れたくて、アリシティアはルイスの服を強く掴んだ。

「んんっ……。はっ……ん……」

アリシティアの口から、甘い声が漏れる。ルイスはさらに執拗なキスを繰り返した後、唇同士が触れ合う距離で囁いた。

「だから言ったよね、男から渡される飲み物には気をつけろって」

「自分で渡したくせに！」

大きく息を吸い込んだアリシティアは、語気を強めて反論した。

「そうだね。ごめんね？」

「全く悪いと思っていないでしょう？　しかも、僕を信じてって言ったのに！」

ルイスが気持ちの籠っていない謝罪をするから、アリシティアの怒りは一層強くなる。

「だから、君が本当に限界になる前に、こうやって会場から連れ出しただろう？」

「こんなの、守ったとは言わない。あなたは、私が媚薬に耐えて苦しむ姿を見て、楽しんでいたでしょう？」

「確かに、完璧に社交をこなしている君に悪戯を仕掛けた時、反応がいちいち可愛くて、楽しかったかも」

「ほら！　やっぱり」

夜会会場でルイスと共に挨拶をして回っている間、ルイスは時折、アリシティアの腰の弱いところを指先でなぞったり、内緒話をするふりで耳に息を吹きかけたりと、色々悪戯をしていたのだ。

その度に体が反応し、ドレスの下の薔薇色の突起が硬く尖り、下腹部に甘い疼《うず》きが湧き起こった。直接の快楽を欲して、下着が濡れていった。

「僕が楽しんでいたかどうかは別として、僕は君の婚約者であると同時に、影としての君の色事の指南役でもある。だから、こういうことはこの先にもするよ。だけど……」

長いキスの余韻から荒い呼吸を繰り返すアリシティアは、涙目でルイスを睨みつける。そんなアリシティアの下唇をルイスは舌先でなぞり、チュッと可愛い音を立てながら顔中にキスを落としていく。

「さっきから君は僕ばかりを責めているけど、君だって僕の飲みかけのワインに毒を盛ったよね？」

「毒なんて盛ってないわよ、あれはただの即効性のある下剤よ！」

「……開き直っているけど、君だってかなり酷いと思うんだけど？」

思わず苦笑するルイスを押し除けようと、アリシティアは両手で彼の胸を押す。

しかし、ほとんど抱き上げるような形で抱きしめられている上に、爪先立ちの状態では力も入らない。結果的に、抱っこを嫌がる猫のように、ルイスの腕の中でもがいているだけの形となってしまっていた。

実のところ、ルイスに媚薬を盛られる事は、これまでにも幾度となくあった。

普通に考えると、女性に媚薬を盛るなど、信じられない程に屑な行為だ。

そもそも婚約者がいるのに他の女性に夢中になって、婚約者を蔑《ないがし》ろにしている時点で、屑の極みであるのだが……

とはいえ、アリシティアが十八歳で成人した時、影である彼女の色事の指南役にルイスが選ばれ、指導が始まったのは事実だ。

ルイスはアリシティアの婚約者で、王弟の後継者で、しかも十五歳から諜報を専門とする高級娼婦たちを束ねている。そんなルイスが、アリシティアの色事の指南役にあてがわれるのは仕方がないし、訓練と称して夜会で媚薬を盛られるのも仕方がない、……かもしれない。

とはいえ、素直に受け入れられないことだって、世の中にはたくさんあるのだ。

そんな訳で、アリシティアも稀に反撃したりもするのだが、いつも不発に終わる。

今回は無味無臭の超強力下剤を用意していたのに、なぜバレたのか。

「だって、昨日まで人前では完全に私を空気扱いしていたのに、こんなに態度を変えてくるから！　夜会が終わるまで、大人しく化粧室にこもってもらおうと思っただけ！　大体、一口も飲まなかったくせに」

「薬を盛られたと気づいて、飲む訳がないだろ。渡された物を疑いもせずに飲む君が迂闊なんだ。影として未熟すぎるよ。そもそも僕は、君と違ってちゃんと忠告しながら渡したよ？　気づかなかった君が悪い」

「いくら忠告したって、婚約者の社交界デビューで媚薬を盛るなんて、普通はしない！　あなたじゃなきゃ殴り飛ばしているわ、この腹黒ドS！」

「ふふっ。僕は殴られないんだ。ねえ、これに懲《こ》りたら次からはちゃんと注意して。ほら、これ以上は体がキツいだろ？　楽にしてあげるから」

来て……と、さもアリシティアのためだとでも言うように、元凶であるルイスはアリシティアの体を、軽々と抱き上げ直した。

子供のように抱き上げられ、アリシティアの視線がルイスより高くなる。

顔を上げたルイスと視線が絡んだ。ルイスはアリシティアに何度も繰り返し軽いキスをし、やがてルイスの唇が、白い首筋へと滑り降りる。熱い息が当たったと同時に、アリシティアの首にチクリと痛みが走った。

熱にうかされたように、アリシティアから甘い吐息が零れる。けれど彼女は体の中で荒れ狂う熱を沈めたくて、もっと強い快楽を求めていた。

過去、何度もルイスから刻まれてきた熱を、アリシティアの全身が求めている。

アリシティアの体は、与えられる快楽に従順だ。他でもないルイス本人に、繰り返しその快楽を与えられ続けてきたのだから。

＊＊＊

十八歳になった日、アリシティアはルイスに呼び出された。

あの嵐の日以降、アリシティアはルイスから完全にいないものとして扱われ、会話どころか視線すらも向けられることはなかった。

だというのに、八年ぶりに会ったルイスは、これまでの確執など忘れたかのように、不機嫌な声で話しかけてきた。

「僕の可愛い婚約者殿。君が色事も扱う影になると、叔父上に約束したと聞いたのだけど、それは本当？」

それが八年ぶりの言葉だった。

影たちの多くは色事を扱う。諜報や潜入をこなすためには必須で、王家の影となることを決めた以上は、アリシティアも例外ではないと覚悟していた。だから、アリシティアはルイスの問いに首肯した。

だが、アリシティアのその答えに、ルイスはさらに不機嫌になった。

「そう。だったら、君の色事の指南役は僕が務める。僕も指南役は初めてだけど、かまわないよね？」

疑問形ではあったけれど、返答が求められることはなかった。そもそも、この件に関して、アリシティアに拒否権はないのだろう。

そしてその日、その場で、アリシティアはルイスに寝台に引きずり込まれ、散々泣かされたのだ。

——まあ、それは良い。いや良くはないが、やはり良いのだろう。ただ……

（指南役の筈なのに、抱き方があまりにも手荒だったことは未だに許していないし、今後も絶対許さない。すごく痛かったし、その後も痛かったし痛かったし痛かった。もしこの先謝られても絶対許さない。異世界小説だと、初めてでも途中で痛くなくなるとか、気持ちよくていっちゃうとか書いてあったけど、全部大嘘だったし！）

そう、ルイスとの初めてはとんでもなく痛かったのだ。

前世、猫が恋人だったアリシティアにとっては、そういう行為は初めてだった。それなのに、異世界転生のお約束など、ガン無視だった。

本当に酷い話である。

＊＊＊

唐突に十八歳の誕生日を思い出し、アリシティアの中に、苛立ちが湧き上がった。

ルイスとアリシティアがいかに不仲だろうと、婚約者なのだからアリシティアの色事の指南役にルイスが選ばれるのはわかる。だとしてもだ。

（男の人って、なんで好きでもない女を抱けるんだろう？）

女性にも好きでもない男と性行為を楽しむ人はいるはずだが、今のアリシティアには、そこまで深く考える余裕はなかった。

確か、前世で見た雑誌のアンケートでは、『男性が女性にキスした理由』の内訳は、【好きだから】と、【別に好きではないけどできそうだったから】が、ほぼ同数だった。

ある論文では、『好きな人がいるのに、別の人間と性的関係を持った理由』の統計をとっており、男性は【性的欲求を満たすため】、女性は【相手の魅力に惹かれた】が、一番多かった。

（――なんて夢のない結果だろう）

触れてくる唇に、手に、熱に、意識を奪われないように、アリシティアは正常な思考を保とうとして、なぜか前世の変な知識を思い出していた。

ルイスは抱き上げたアリシティアを寝台に寝かせ、彼女の両腕を頭上のシーツに縫い留めた。そのまま頬や耳、首筋、鎖骨へと、軽いキスを落としながら唇を這わせていく。

「今日使ったのは、最近出回り始めた人気の媚薬。かなりよく効くんだ。夜会で頻繁に使われるから、今後もう少しこの媚薬への耐性をつけようか」

ルイスは再びアリシティアに口付けする。角度を変えながら、可愛い音を立てる軽い口付けは、やがて息もできないような深いものへと変わっていった。

口内を蹂躙《じゅうりん》され、唾液が口角から溢れ落ちていく。子宮が疼《うず》き、ゾクリと全身が震えた。

ルイスの指先が、アリシティアの耳朶の輪郭をなぞり、イヤリングを外し耳朶に爪を立てる。

その甘い刺激が、アリシティアの下腹部を苛《さいな》んだ。子宮の内側へと力が集中するような、不思議な感覚。もどかしくて、泣きたくなる。

「んんっ」

甘えるような喘ぎ声が零れた。

「僕の可愛いアリス。もっと可愛い声を聞かせて。僕を求めて」

ルイスから向けられる声には、懇願と情欲の響きがある。

ルイスは幼い頃からアリシティアを呼ぶ時、やたらと『最愛の』だの『可愛い』だのと、甘い言葉を使う癖がある。

二人の関係性など、とっくに破綻しているのに。それでも、残骸のような彼の癖にアリシティアは縋《すが》りつきたくなってしまう。

ルイスの癖に、吐息に、甘い声に、まるで今も愛されているように錯覚する。

だが、そんなことはあり得なかった。体を繋げる時にだけしか与えられないものなど、決して信じてはいけないのだから。

それにしても、なぜよりにもよって王も臨席する王宮の舞踏会で、ルイスはこんなことをしたのか。万が一にも、アリシティアが醜態を晒すようなことは、婚約者として許容できないはずだ。

そこまで考えて、すぐにその答えに行き着いた。

(――ああ、そういうことなのね)

長いキスが終わり、唇が解放される。二人の唇の間に銀の糸がツーッと引いて切れた。

それを舐め取るルイスを眺めながら、アリシティアの胸が酷く痛む。悲しくて寂しくて、あまりにも惨めで、それでいて笑いだしたい気分になった。

(王弟殿下は、お姫様へのお仕置きだと言っていた。きっとこれも彼のご命令ね。ここでの行為はお姫様に筒抜けになる。最愛のルイスが、形だけだと思っていた婚約者を抱いている。その事実はきっとお姫様にとって、狂いそうな程辛い筈。王弟殿下はお姫様への罰としてそれをお望みなのだわ)

――可哀想なエル。

そして、惨めなアリシティア……

ドレスが乱され、髪の飾りが外される。波打つ白銀の髪が寝台に広がった。

胸のカーブに沿って、ルイスの唇が白い肌に赤い印を散らしていく。

さながらそれは執着の痕のようで、滑稽に思えた。

胸の先の淡い紅色に染まった部分を口に含まれ、硬くなった実を舌先で突かれ、軽く歯を当てられる。その度に、痛痒いような甘い疼《うず》きが湧き上がった。子宮の奥に熱が集まり締め付けられるような焦燥感に襲われ、全身が小さく震える。

ルイスは左手をアリシティアの指に絡ませ、右手でスカートをまくり上げる。そして、力を入れて閉じようとするアリシティアの足の間に右膝をねじ込んだ。

その間も、ルイスの唇は胸の頂きに触れ、硬さを主張する先端を舌で転がし、強く吸う。

ぞくりと全身に快感が走り、鼻に抜けるような甘えた声がアリシティアの唇から零れた。

「ふぅ、んあぁっ！」

アリシティアの小さな悲鳴を聞いて、胸元で微かにルイスが笑う。

そんなルイスを咄嗟に睨むと、彼は唾液に濡れていやらしく光る胸の先端を、アリシティアに見せつけるように舐め上げた。

その美しい相貌には、背徳的な色気がある。もはや視覚の暴力だ。見ているだけでも子宮が酷く疼《うず》く。

アリシティアはさらなる刺激を求めて、無意識に腰を浮かした。

その間も、ルイスの右手はドレスのスカートの中に侵入し、柔らかい太ももの線を確かめるように、優しくなぞっていく。だが、ふいに彼の動きが止まった。

「こんな日も、武器を隠してるんだね」

ルイスはアリシティアの太ももに巻かれたベルトに収められた短剣に触れ、僕が一緒にいるのに」と、拗ねたように呟く。

「君にはすごく似合うけど、今は邪魔だし、外すね」

ルイスはベルトごと短剣を外し、ぽんっと寝台の下に投げ捨てた。

（一緒にいるあなたが、一番信用ならないのだけど？）

アリシティアが不機嫌を隠さずに睨むと、なぜか蕩けそうな甘い微笑みが返ってきた。

再びキスが始まり、不埒な手が動き出す。彼の綺麗な指先が繊細なレースの下着に隠された割れ目をそっとなぞり、下着の上から小さな突起を探り当てた。瞬間、敏感すぎる先端を、グッと押された。

「んあっ！」

甘い痛みに、アリシティアの唇からは喘ぎ声が漏れた。

そんなアリシティアを見下ろしながら、ルイスはレースの下着を取り去っていく。覆う物がなくなった皮膚に、冷たい空気が触れる。

「ねえ、口を開けて」

言葉と同時に、指の先で唇を撫でられ、反射的にわずかに開いた口の中に、二本の指が差し入れられた。

熱に浮かされ、口内を動き回る指に舌を絡ませる。全身が快楽に支配されて、アリシティアが必死に保とうとした矜持はどろどろに溶かされ、思考が奪い取られていく。

指先で彼女の舌を弄《もてあそ》ぶルイスをアリシティアは見上げる。目と目が合った瞬間、ルイスが壮絶な色気を含んだ笑みを浮かべた。

絡んだ視線だけで脳が熱に侵される。

「上手。いい子だね」

甘い声音が耳をくすぐった。

ルイスは再び唇を胸に這わせる。口の中と胸、同時に与えられる快感に、アリシティアは体内から蜜が溢れ出すのを感じた。

散々口内を蹂躙《じゅうりん》した指が引き抜かれ、ルイスの手は、再び足の間に下りていく。すでに濡れそぼった割れ目を開き、指先でなぞると、淫猥な音がくちゅりと響いた。

何度も指を往復させながら、ゆるゆると溢れた蜜を塗り広げていく。アリシティアに溢れ出した蜜の量をわからせるように、ルイスはわざと大きく指を動かし、水音を響かせた。

ルイスの指の先、その奥にもっと強い刺激を求め、内壁が疼《うず》き子宮が収縮する。

「わかる？　すごく濡れてる。ねぇ、もっとほしい？」

「あ、……ほしい。もう中に――」

ルイスの甘い声は麻薬のようで、与えられる全てに縋《すが》りつきたくなる。思考は溶けて、もっと深い場所に彼がほしくて、泣きそうな声で懇願する。

「いいよ」

言葉と共に、ゆっくりと二本の指が体内に埋め込まれていく。内壁は与えられた快楽を貪欲に飲み込もうと、強く締め付けた。同時に中がジンと甘く痺れる。

「あぁっ！」

衝撃に思わず逃げるように仰《の》け反《ぞ》るが、それを許さないとばかりに、ルイスが口付けてきた。

「ああ、すごく締め付けてくる。そんなにほしかった？　ドレスを汚さないようにしなきゃね」

ルイスは唇と唇が掠める距離で、楽しそうに囁く。

長くて少しだけ節くれだった綺麗な指を、浅く、深く、抜き差しし、アリシティアが的確に感じる場所を刺激する。蜜を纏《まと》わせた親指は、剥き出しになった敏感な花芯を捏ねるように快楽を与える。

体内がかき回され、淫靡な水音が室内を満たした。

「アリス、僕を見て。感じる？」

甘いテノールがアリシティアの耳元で響き、視線が絡む。小さく微笑んだルイスは、耳たぶの輪郭を舌で舐め上げた。

「それ、やっ！」

ゾクッとした感覚に背筋が震える。

「嫌？　アリスは本当に耳が苦手だよね」

アリシティアが無言のまま必死に首を縦に振ると、ルイスはくすりと笑った。

「ねえ、わかってる？　そういうの、可愛すぎるから。余計にいじめたくなるって……」

再び耳元で笑い声が響いた後、小さなリップ音がして、唇が耳から離れた。

「はぁ。本当はもっと時間をかけたいけど、ゆっくりするのは今度ね。だから――」

もういいよね……と、囁く言葉を合図にするかのように、ルイスはアリシティアの体内から指を引き抜いた。見せつけるように、蜜に濡れた指を舐め上げる。

その仕草に、ぞくりとアリシティアの全身が震えた。

アリシティアが小さく頷くと、まぶたやこめかみに甘いキスが何度も落ちてくる。

「んっ」

「本当は、僕ももう限界――」

ルイスは服を着たまま前だけを寛げ、硬い昂りをアリシティアの足の間に押し当てた。

数度、アリシティアの内から溢れ出した愛液を自身の熱に纏《まと》わせるように擦りつけた後、熱の塊をアリシティアの中に押し入れた。

突き入れられた硬さと質量に、アリシティアの呼吸が止まる。

「ああっ――！」

熱杭が最奥に達したあと、ルイスが甘いため息を吐き出した。

「はぁ……。痛くない？」

ルイスの質問に、アリシティアは無意識に首を縦に振る。

「ねぇ、少し力を抜いて」

顔中に何度もキスを繰り返し、ルイスは唇を掠めるようにして話しかけてきた。

「そんなの、無理……」

高まる快楽の波に、熱に浮かされたまま答える。

「はっ……、だめだよ。相手を支配しなきゃ。僕をその体で支配して」

硬い熱がゆっくりと引き抜かれ、再びぐっと最奥に押し付けられる。アリシティアの口からは喘ぎ声が漏れ続けた。

逆らう意思は完全に消え失せる。ルイスの熱に体内をかき回され、子宮が疼《うず》いて、与えられる快楽に意識を奪われ、理性の箍《たが》が外れていく。

「……ル、エル……」

熱に浮かされたように、呼び慣れたルイスの名を呼ぶ。

瞬間、体が引き起こされた。ルイスの上に抱き合うように座る形になり、自重でさらに奥深くに繋がる。

アリシティアは無意識のままにルイスの首に腕を回し、唇を寄せて舌を絡めた。

お互いに服を着たまま、舌を絡め、より強い刺激を求めて粘膜を擦り合わせるように動く姿は、とても淫猥で、背徳的だ。

「気持ちいい？」

「ん、いい……。すごく気持ちいい。……ル、エル……もっと」

甘えたように蕩けた目で見下ろすと、瞼に唇が触れる。アリシティアの目の端に浮かんだ涙を、ルイスの唇が受け止めた。

「……こんな時だけは、素直なんだから。どうせ終わった後には、忘れるくせに……」

独り言のような呟きが響く。

「……たら、許さないから――」

掠れたルイスの言葉は、二人の荒い息にかき消された。

再び唇が重なり、互いの舌が絡まる。同時にルイスの熱の昂りで最奥を刺激され、ぎゅっと子宮が切なくなる。

アリシティアは、突き入れられた快楽を逃さないように、無意識のままに与えられた楔を締め上げていく。

「くっ……」

ルイスの切迫するような声が、耳を掠める。意思とは関係なく高まる熱に、アリシティアの思考は完全に支配されていた。

奥を抉られ、室内には互いの粘膜が擦れ合う水音と、激しい息遣いが響く。

体内を蹂躙《じゅうりん》する熱に、与えられる快楽に、頭が真っ白になり、やがて弾けた。

(――ねえ。体だけでも、私に落ちてきてよ)

ルイスに溶かされ、アリシティアの意識は闇に沈んでいった。

＊＊＊

王族の控室である豪華な部屋で、王女エヴァンジェリンは声を荒らげた。

「なんで、なんでルイスは来ないの!?」

苛立ちもあらわに、声に含んだ棘は隠しきれていない。

王女のいつにない剣幕に、年若い侍女はぴくりと肩を振るわせた。

「本日は、婚約者であるアリヴェイル伯爵家のご令嬢のデビュタントなので、御用は明日、お伺いすると……」

侍女は声を詰まらせながらも、恐る恐る答える。そんな侍女を、エヴァンジェリンは涙が浮かぶ目で睨みつけた。

「今はラローヴェル侯爵家に用意されている控室で休んでいるのでしょう? だったら少しくらいこちらに顔を出してもいいじゃない！ レオ！ ルイスを呼んできて！」

扉を背に立っている幼なじみである護衛に、エヴァンジェリンはヒステリックに叫ぶ。

その姿に、レオナルド・ベルトランド・デル・オルシーニは深くため息を吐いた。

「ルイスのいる控室は、完全に人払いされている。たとえ俺が君の使いでも、絶対に近寄れない。それとも愛し合う恋人たちの邪魔をするために自分で乗り込むか？　間違いなく、社交界での嘲笑の的になるだろうが」

「な、何よ、何よそれ！　ありえないわ。だって、ルイスはずっと彼女に全く興味なんてなかったし、いつも無視していたじゃない！　彼女だって、いつもお兄様の陰に隠れていたのに……。それなのになんで急にあんなっ！　ルイスは私と目が合ったのに、挨拶にさえ来なかったのよ？　いつもなら真っ先に私のところに来てくれていたのに。絶対に、彼女がルイスに何かしたんだわ！」

エヴァンジェリンは目の前のティーカップを手に取り、怒りに任せるように壁に叩きつける。

カップの割れる音と同時に、室内にいた侍女が小さく悲鳴を上げた。

「何かって、彼女に何ができるって言うんだ？」

レオナルドは無表情のまま答えた。

「きっとお兄様に泣きついたのよ！　ルイスはお兄様に言われて、無理矢理彼女の我儘に付き合わされて、私のところに来られないようにされているんだわ」

今にも泣き出しそうなエヴァンジェリンに、部屋の隅に控える侍女は体を小さくしていた。

「たとえアリヴェイル伯爵令嬢に頼まれたとしても、王太子殿下がそんなことをする訳がないだろう。それに、ルイスは相手が王太子でも、理不尽な要求は拒絶する」

「でも、それ以外に理由がないじゃない！」

「十一歳まで離宮で隔離されるように育ってきた君は知らないだろうが、君の勉強相手として選ばれるまでのルイスは、あれが普通だった」

レオナルドは扉にもたれながら腕を組んだ。

ルイスがエヴァンジェリンの勉強相手に選ばれて以降、レオナルドはルイスとその婚約者が一緒にいる姿を見たことはなかった。しかし、それ以前に二人が共にいるところを偶然見たことがあった。

久しぶりに見た二人の様子はその時とほとんど同じで、婚約者に対するルイスの人目をはばからない溺愛ぶりは、全く変わってはいなかった。

今夜あえて、それを見せつけてきた理由は、先だっての仮面舞踏会でエヴァンジェリンが余計なことをしたからだろう、とレオナルドは考える。

おそらく、アリヴェイル伯爵令嬢アリシティア自身が、何かをした訳ではない。

エヴァンジェリンがルイスに執着し、彼女を害そうとしたせいで、エヴァンジェリンは怒らせてはいけない人を怒らせた——

「そんなの変じゃない。だったらなんでルイスは彼女のことを、今までずっと無視していたのよ。視界にも入れたくないくらい嫌っていたからじゃないの？」

「それは君がそう思っているだけだろう？　王女の勉強相手に選ばれたからには、周囲と適切な距離を取らなければいけない。たとえそれが婚約者であろうと。それなのに君は、勝手な思い込みで、彼女を害そうとしたんだ」

諭すように言うレオナルドに、エヴァンジェリンは声を荒らげる。

「私は彼女を害そうとなんてしていないわ！」

「闇オークションにかけてまで、アリヴェイル伯爵令嬢を排除しようとしただろう？　しかもルイスに助け出されて帰ってきた彼女に、よりにもよって婚約の解消まで迫った。ルイスの気持ちも確かめずに」

「そんなの、確かめるまでもないじゃない！　それに、私が何かした訳じゃないわ。ただ何人かの人に、彼女が社交界デビューしたら、ルイスの手を煩《わずら》わせるに決まっているから、彼女に社交界デビューしてほしくないっていう話をしただけよ」

「それだけだから君は、表立って罰を与えられていなかったんだろ。だが、許されることじゃない。いい加減、言葉遊びをやめて現実を見ろ」

「現実って何よ？」

エヴァンジェリンはレオナルドを睨みつけた。苛ついたように、親指の爪を噛む。

「これは政治的な問題だ。ルイスと俺が君の勉強相手に選ばれたのは、君を擁する王妃派が将来的にルイスのラローヴェルや俺のオルシーニを取り込もうとしたからだ。そして君が不用意に広めた、ルイスが君の恋人候補であるという噂は、政治的に見れば、ラローヴェルが王妃派につくという噂と同義だ。だからこそ今夜のルイスは、ラローヴェルが、いや、その後ろ盾である王弟殿下が、王妃派にはつかないということを知らしめるため、その行動で示したんだ」

「そ、それだって、彼女がいなければ無効になるでしょう？」

「不用意な発言はしない方がいい。そもそも血筋的には、側妃の子である国王や王太子殿下よりも、先王と、自身も王家の傍系だった王太后の血を引く王弟殿下とルイスの方が、女神の血は濃い。だからこそ、二人は無用な火種にならないように、どの派閥にも属さず静観していた。だが、君の不用意な行動のせいで、その均衡が崩れたんだ」

レオナルドは視線だけで、侍女に部屋を出るように促した。侍女は無言のまま礼をして、扉を少し開けたまま、部屋を出ていった。

「そんなの知らないわよ。彼女が下賤の者に誘拐されれば、社交界に顔を出せなくなると思ったのに、お兄様たちに全て揉み消されてしまった。なんでそこまでして彼女を守るの？　いつもお兄様の陰に隠れてただ守られているだけで、何もできない女じゃない。地位も権力もない中流の伯爵家なんでしょう？」

エヴァンジェリンは苛立たしげに、親指の爪を音を立てて噛みちぎった。

「……今回守られたのは、彼女ではなく君だろう、エヴァンジェリン」

本来なら、アリシティアに手を出した時点で、排除されていてもおかしくはなかった。アリシティアの持つ女神の瞳は、この国ではそれ程大きな意味を持つ。

「意味がわからないわ。そもそも、あれだけお兄様と仲が良いんだから、ルイスとの婚約なんて解消して、お兄様と婚約すればいいのよ」

「無理だろう。身分が釣り合わない。王太子妃になるための後ろ盾が彼女にはない」

「だったら、ルイスとだって釣り合わないじゃない！　なんでお父様は、ルイスと彼女を婚約させたりしたのよ」

レオナルドの言葉を受け入れず、エヴァンジェリンは喚き立てた。

「夜明け色の瞳は、女神リネスから愛された証だというから、王家と近いところに置いておきたかったのかもしれないな」

「たかが目の色がなんだと言うのよ。もういい、出ていって！　あなたの説教を聞いていたら頭が痛くなったわ。お母様の薬師に来てもらって。王宮医師は嫌よ」

エヴァンジェリンは涙を溜めた目で、レオナルドを睨みつける。

「わかった」

やれやれと首を横に振ると、レオナルドは背を向けて出ていった。

閉じた扉の向こうからは、エヴァンジェリンのすすり泣く声が漏れ聞こえる。

「さて、どう動くべきか……」

レオナルドは廊下の窓の外に広がる月夜を眺めながら、深くため息を吐き出した。

「どうやら、王女殿下はご機嫌ななめのようですね」

廊下の先から低く艶やかな声が響く。レオナルドが声の方へ視線を向けると、片側に流した長い黒髪を左胸の上でゆったりと纏《まと》めた長身の男性が、茶色いなめし革の鞄を手に立っていた。思わず剣の柄に手をかけそうになるが、すぐに男が何者であるか気付き、警戒を解く。

切れ長の目に特徴的な紫の瞳を持つ男は、王妃のお抱えの薬師だ。見た目は二十代半ばに見えるが、多分実年齢はもっと若く、レオナルドと変わりないだろう。

「こんばんは、オルシーニ卿。美しい月夜ですね」

薬師は秀麗な顔に微笑を浮かべた。

「どうも」

無表情で答えるレオナルドは、近衛にしては尊大な態度だ。だが、そんな彼に気分を害した様子もなく、薬師は悠然と問う。

「王妃様に命じられて、王女殿下の様子を見に伺ったのですが、出直した方がよろしいでしょうか？」

「いや、ちょうど良かった。王女殿下があなたを呼んでいる。頭痛がするそうだ」

「そうですか、では失礼します」

そう言って一礼すると、薬師はレオナルドの隣を通り過ぎ、王女のいる部屋の中へと入っていった。

「どういうことよ！」

薬師が王女の控室に入ると同時に、目に涙を浮かべたエヴァンジェリンは、薬師に向かって声を荒らげた。

「こんばんは、王女殿下。何やら荒れていらっしゃるようですが、気を落ち着ける薬をご用意いたしましょうか？」

エヴァンジェリンの癇癪《かんしゃく》など意にも介さず、薬師は笑みを浮かべたまま、平然とソファーに腰を下ろし、そのそばに手に持っていた革の鞄を置く。

「必要ないわ！　そんなことよりも、あなたの持ってきた魅了薬、全然効いてないわ。どういうことなの？」

「どういう……とは？」

薬師は飄々《ひょうひょう》とエヴァンジェリンに問う。

「私はその辺に溢れているような偽物の薬ではなく、本物を作って持ってくるようにと言ったはずよ！」

「もちろん、本物をお渡ししましたが、何か問題でも？」

長い足を組みながら、柳眉をひそめる薬師の態度を見て、エヴァンジェリンは手の中のハンカチを握りしめた。

「それならなぜ効かないの？　あなたが言うように、ちゃんと定期的にお茶に入れて飲ませているのに」

「最初にお話ししましたが、魅了薬は相手の好意を増幅させるものです。心を操る訳ではないので、薬を飲ませた相手があなたに対して恋情を持っていない場合は、魅了の効果はありません。元々ゼロのものには、何をかけてもゼロのままですから」

「嘘よ！　そんなはずないわ。だってルイスはずっと私と一緒にいて、いつだって私だけを見ていたのに。私に恋情がないなんてこと、絶対にない！」

「それなら間違いなく、効いているはずですよ」

薬師は淡々と答えた。そんな薬師を、エヴァンジェリンは苛立たしげに睨みつける。

「でも、突然豹変したのよ？」

「豹変……？」

薬師の問いに、エヴァンジェリンは頷く。

「ええ。これまでずっと嫌っていて見向きもしなかった名目だけの婚約者を、急に本当の恋人のように扱い始めたの」

「それが本当なら、演技をしていたのでは？　魅了薬は魔女の作る惚れ薬や洗脳薬とは違います。元々の人格や考え方には何の影響もありませんから、嘘を吐くことも演技することもできます」

「その惚れ薬とか洗脳薬を使われている可能性はないの？」

王女の問いに、薬師からは乾いた笑いが零れる。

エヴァンジェリンはルイスに魅了薬を飲ませておきながら、罪悪感どころか、悪いことをしているという自覚すらない。悪意なく蝶の羽をむしる、幼い子供のようだ。善悪を知らないが故に、彼女は何をしても、純心なままなのだ。

「それはないでしょう。洗脳薬は命令を聞くだけの人形のようになりますし、魔女の惚れ薬は飲んだ人間の心に、ありもしない強烈な恋心を植え付けますが、体内から薬が抜ければ、その感情も綺麗さっぱり消えてなくなります。効果は数時間。しかもその間の記憶はしっかりと残るので、薬が抜けた後には、心がバランスを取れず酷い拒絶反応を起こします」

薬師の言葉に、エヴァンジェリンは顔を歪め、呟く。

「そう。だとしたら、ルイスはなにか事情があって、あんな演技をしているのかも」

「あー、そうかもしれませんね」

興味がないと言わんばかりの適当な相槌を打ちつつ、薬師は室内を見渡した。

侍女の姿はなく、壁際の床には砕けたカップが落ちている。

わずかに片眉を上げた薬師は、持ち込んだ鞄の中から小瓶を取り出して、立ち上がった。ソファーの隣のサイドテーブルに置かれたグラスを手に取り、小瓶の中の液体を注ぐ。

「どうぞ。先程オルシーニ卿から、頭痛がすると伺いました」

薬の入ったグラスを差し出すと、エヴァンジェリンは白い指で受け取り、表情を変えることなく中身を飲み干す。薬というよりは果実水のような味に、ほっと息を吐き、脱力したように目を伏せた。

しばらくの間、何かを考え込むように、爪の欠けた指先に視線を向けていたが、ふいに顔を上げ薬師を見る。

「ねえ。本当は嫌われているのに、形だけの婚約者に演技を強要してまで、愛されているふりをするなんて酷いことよね？　そんな状態で結婚なんてしたら、相手を苦しめて不幸にするだけだと思わない？」

エヴァンジェリンは目に涙を溜め、手の中のハンカチを強く握りしめながら、真剣に薬師に問う。

薬師は目を細めて、目の前の王女の姿を見つめた。そして、束の間の無言の後、口角を上げる。

「それはラローヴェル侯爵たちのことを言っているのでしょうか？」

「もちろんよ」

「ラローヴェル侯爵の婚約者は、アリヴェイル伯爵令嬢でしょう？　であれば、彼が王女殿下をどれ程愛していようが、婚約が解消されることはないと思いますよ」

「どういう意味？」

エヴァンジェリンの問いに、薬師は紫水晶のような目を細め、肩を竦《すく》める。

「私は一介の薬師ですから、これ以上はお話しできません」

持ってきた鞄に薬瓶を仕舞いつつ、言葉を繋ぐ。

「知りたければ、王妃様に聞いてください。私は、これにて失礼いたします」

薬師は流れるような仕草で、優雅に頭を下げる。そして、王女からの退出許可を待つことなく、逃げるように部屋を後にした。

扉が閉まり、一人部屋に残されたエヴァンジェリンは、強い力で目元の涙を拭い、二人の侍女を呼ぶため、ベルを二度鳴らした。

扉が開き、入室してきた侍女たちに命じる。

「お母様のところに行くわ。化粧を直して」

「かしこまりました」

侍女たちが動き出したのを見て、エヴァンジェリンは立ち上がった。

＊＊＊

気を失ったのか、眠ったのか。

薄暗い室内で目覚めた時には、アリシティアの体から、媚薬による熱は引いていた。

月明かりに照らされた寝台の上で、アリシティアは重い体を起こす。そこが夜会の控室だと思い出すまで、そう時間はかからなかった。

ブランケットにくるまった体は全裸で、綺麗に清められたのか、不快感はない。

バルコニーへと続く大きな窓の向こう側には、暗闇の中に青い月影が二つ浮かんでいた。

毎日これを見る度に、この世界は前世とは異なるのだとぼんやり思う。

二つの月を背にして、淡く光る幾匹もの青い蝶が、部屋の中、ひらりひらりと舞う。

「……来てたの」

アリシティアは深い息を吐き、その顔に微笑みを浮かべた。

淡い光にそっと手を伸ばすと、一匹の蝶がひらりと、アリシティアの指先にとまった。

「ねぇ、あなたたち。何かできることはないの？　ちゃんとお仕事する気ある？」

独り言を呟きながら、周囲を舞う蝶を眺めていた時。

ふいに、室内に柔らかな甘い香りと共に風が吹き込んだ。大きな窓が開き、月明かりの下、美しい肢体がうっすらと浮かび上がる。

「目が覚めた？」

胸元をはだけたシャツと黒いスラックス姿のルイスが、薄闇に白く浮かび上がる月香花を両手いっぱいに抱え、音もなくバルコニーから入ってきた。

彼は薄暗い室内で、淡く光る青い蝶を見て、どこか懐かしそうに目を細める。

ルイスのどことなく緩慢な動きは、情交の後の気怠《けだる》さを感じさせる。手の中で咲き誇る純白の花が、彼の持つ色香を普段の数倍も強調して見せていた。

その姿は、とてつもなく蠱惑的で、まるで人ならざるもののようだ。

甘い香りが強くなり、目眩にも似た不思議な酩酊感に溺れる。

「エル……？」

「うん。体は平気？」

ルイスは寝台の横に腰掛け、ブランケットに包まるアリシティアの膝の上に、月香花を置いた。

幾重にも重なる細い花弁を細く長い薄紫の萼《がく》が取り囲むこの花は、一年に一日、月夜にだけ咲くと言われている、前世の世界の月下美人に似ている花だ。甘い香りは人を酩酊させ、時に幻覚を見せることもある。

「月香花。——もしかして私に？」

アリシティアはどこか夢心地のように、緩慢な動作でルイスの瞳を覗き込んだ。

「君以外、誰に贈ると言うの？　この中庭園の奥まったところに、月香花の木があるんだ。昨日確認した時に蕾がたくさん付いていたから、今夜あたり咲くだろうなと思ってた。それでさっき見に行ったら……」

「花が咲いていたから、全部切ってしまったんですか？　すごく貴重な花なのに。怒られても知りませんよ」

「だって、アリスに見せたかったから」

一年に一夜だけ、数時間しか咲かない花で、その香りを求める者は多い。

「一輪で良かったのに。でも、ありがとうございます。——すごく綺麗」

膝の上の月香花を一輪手に持ち、アリシティアは月明かりに浮かび上がる大輪の白花を顔に近づける。そしてその濃厚で甘い香りを、そっと吸い込んだ。ほろ酔いのような感覚を楽しみながら、その香りの甘さに頬を緩ませる。

そんなアリシティアを見つめ、ルイスは甘く蕩けるような笑みを浮かべた。

どこか退廃的でもあるその色気は、年頃の女性だけではなく、男性すらも簡単に惑わせ、狂わせるものだった。

「……君の蝶。久しぶりに見た」

月香花の香りに引き寄せられるかのように、淡い光を撒き散らしながらアリシティアの周囲を舞う蝶たちを眺め、ルイスが呟く。

そんなルイスの言葉にアリシティアは首を傾げた。

「この蝶は、王宮の庭園でもよく見かけるでしょう?」

「そうではなく――。蝶たちが君の周囲に集まって来ている光景なんて、もう何年も見ていなかった。君はいつものように平然としていたけれど、あの媚薬、本当はかなり苦しかった?」

「どうしてそう思うんです?」

「だってこの青い蝶たちは、君に与えられた『女神の祝福』だから。君が熱を出したり怪我をした時には、いつも君を心配して寄ってきていた」

「女神の祝福?」

アリシティアはルイスの言葉をそのまま繰り返した。ルイスは数度瞬く。

「……まさかとは思うけど、知らないの？」

「えっと、なんのことでしょう？」

常とは違う、ルイスにしては妙に気怠《けだる》げでゆっくりした話し方に、アリシティアの方が戸惑ってしまう。

「女神リネスの血を引く者の中に、稀に女神の瞳を受け継ぐ者がいるように、女神から祝福を受け取る者もいる。君のその蝶のような……ね？」

全裸にブランケットを巻きつけただけのアリシティアに手を伸ばしたルイスは、彼女の頬に触れ、そのまま耳の横から髪に指を差し入れた。ゆったりとした動作で顔を引き寄せ、アリシティアの瞼にキスを落とす。

アリシティアは目を見開き、数度瞬きを繰り返した。ぽかんと口が開きそうになる。

(あざとい……。なに、なんなのこのあざとエロ美しい生き物は？)

甘い香りと、ルイスの圧倒的な色気に魅了され、つい意識を奪われてしまったが、はっと我に返り、なんとか正常な思考を取り戻す。

(……いや、今はそれじゃない。この子たち、転生特典チートの式神とか、使い魔じゃなかったのか)

呆然とするアリシティアを見て、ルイスはくすくすと笑う。

「まさか、君が知らなかったとは思わなかった。……ねぇ、一体なんだと思っていたの？」

どこかふわふわとしたルイスは、酔っているようにも、アリシティアを拒絶する前の、幼い頃の彼のようにも見える。

「あの、ルイス様。その祝福って、なんなんですか？　この子たち、何か特別な力があったりするのですか？」

アリシティアが吐息から生み出す青い蝶は、前世を思い出したばかりの異世界転生ハイ状態のアリシティアが、厨二病全開で試行錯誤した成果だ。

何せこの世界、神がいて、魔女も、魔術師もいるのだ。大昔には勇者だっていたという。魔法薬や魔石という不思議アイテムもある。

ただの異世界ではない。『異世界ファンタジー』な世界なのだ。そんな世界に転生すれば、誰だって転生特典チートの一つや二つ期待するものだろう。

とはいえ、魔法を使う人間は本当に珍しく、登場人物の誰もが生まれてこの方、一度もお目にかかったことがないという、設定倒れの世界ではあるのだが——

そんな訳で、陰陽師のように人型に切り抜いた紙を手のひらの上に乗せて、息を吹きかけてみたりもした。紙はそのまま地に落ちたが、代わりに光の粒が集まり、やがて青い蝶の姿に変わった。

それを見たアリシティアは、式神か使い魔だと思って、狂喜乱舞したのだが……

残念ながらアリシティアの蝶は、働く気は全くなさそうで、いつもふわふわと、庭園を飛んでいるだけだった。

だが、『女神の祝福』なんて意味ありげな名前がついている位だし、もしかするとアリシティアが知らない、ファンタジーなお仕事をするのかもしれない。

そう期待して聞いてみたが……

「……知らない。女神から与えられた癒しだとは聞いたことがあるけど」

「そう、ですか」

「多分女神の存在の象徴なんだと思う」

ただの象徴。つまりは何もしない。

見事に期待を裏切られ、アリシティアは項垂れた。

（癒し……。うん、全く役に立たない。確かに綺麗だけど。見てて癒されるけど）

アリシティアはがっかりした気持ちをかき消すため、膝の上の月香花の匂いを胸いっぱい吸い込んだ。甘い香りと酩酊感が心地よい。

ルイスの言葉を確かめるように、アリシティアは手のひらを上に向けて、ふっと息を吹きかける。

吐息はキラキラとした金色の光に包まれた後、青い蝶に姿を変え、羽ばたいた。

しばらく室内で舞う蝶たちを眺めていたルイスは、バルコニーに繋がる窓に歩み寄り、大きく開け放つ。

吹き込んだ風に誘われるように、蝶たちは窓の外へと飛んで行った。

「癒しねぇ……」

アリシティアは自らの呟きに、ふと何かを思い出しかける。けれど、未だぼんやりとしていて、思考ははっきりとした形にならない。

「……ねぇ、叔父上はさ、君のことを優秀だとか言ってたけど、過大評価じゃないかな？　だって、自分の持つこんな特殊な力について何も知らないだなんて。普通は疑問に思ったりしない？」

窓を閉めたルイスは、寝台の端に座り、指先でアリシティアの髪を弄《もてあそ》び始めた。

そんなルイスの手から、アリシティアは自分の髪を奪い返す。そのまま目の前のあざとエロ美しいけど、やっぱり嫌みな淫魔を、不機嫌に睨んだ。

（だって、お約束の転生特典チートの一つだと思ってたんだもん。立派な式神に育てようと頑張ってたのに……）

むっとしたアリシティアは、わずかに頬を膨らませる。

そんな最愛の婚約者の姿に、ルイスはくすりと笑った。寝台横のテーブルに置かれていたコップを手に持ち、もう片方の手で懐から出した小さな錠剤を差し出す。

「これ、飲んで」

ルイスが渡してきた物は、この世界の経口避妊薬だった。女性が性交の前後三日の間にこれさえ飲んでおけば、避妊できる魔法薬だ。

どういう原理かわからないが、とにかく副作用はなくて、避妊率百％だという。

ちなみにこの世界、こんな薬が存在するのに、異世界あるあるなのか、なぜか男性側の避妊用具、つまりコンドームが存在しない。

前世の記憶があるアリシティアからしたら、本当によくわからない世界だ。

一応エロありな十八禁小説の世界なのにコンドームがないとは何事だと、初めて知った時には叫びそうになった。

ちなみに小説の中のルイスは、お姫様への想いを貫き通して、童貞のまま死んだ。

ただし、このあたりには転生者が恐れる物語の強制力が働かなかったようで、今のルイスはあっさりと童貞人生を放棄していた。多分彼の配下の高級娼婦のお姉様たちに、手取り足取り、教えられたのだろう。

アリシティアはなんとなく不機嫌になり、ルイスから奪うように受け取った薬を口に入れて、喉を鳴らしながら豪快に水で流し込む。

そんなアリシティアを眺め、ルイスがどこか緩慢に問う。

「君はさ……、どうして僕と君の婚約が決まったか知ってる？」

「なんですか、唐突に」

アリシティアは八つ当たり気味に、ルイスを睨んだ。

そんなアリシティアに、ルイスは思ってもみないことを告げる。

「夜明け色の女神の瞳と、女神の祝福の力。この両方を持つ人間が王家以外で見つかれば、王家に取り込むのが習わしなんだよね。だけど君には後ろ盾がないから、王太子妃にはなれない。君を高位貴族の養女にする話もあったらしいけど、君の母親が嫌がった。だから、王位継承権を持つけど順位が低い僕と、君の婚約が決まったんだ。侯爵家と伯爵家なら王家よりは釣り合いもとれる。僕たちの婚約は、王の口利きだけの、単純なものではないんだ」

「はぁ……？」

（――何、その乙女ゲームの平民ヒロインにありそうな設定は？）

アリシティアはそんなはずはないとかぶりを振る。

「嘘。だって、だって私が……」

（国王陛下とお母様を遠回しに脅す形で成立させた筈の婚約だもの。そんな真っ当な理由がある訳がない）

アリシティアは思考を巡らせながら、思わずルイスを凝視する。

「私が、何？」

「私が……」

「うん」

「お願いしたの、……お母様に。ルイス様と婚約したいって……」

正確にはちょっと違う。だが、似たようなものだろうと、アリシティアは伝えた。

そんな彼女の言葉に、ルイスはわずかに驚いたように目を見開いた。

そして、ほんの少し目を細めて、ふわりと微笑む。その微笑みは蕩ける程に甘い。

けれど……

「……うん。でもよく考えてみて。後ろ盾もない中流の伯爵家の一人娘が、王位継承権を持つ侯爵家の嫡男と、利害関係もないのに母親にお願いしたくらいで婚約できると思うなんて、世間を知らなすぎじゃない？」

酔ったようにふわふわしていても、やっぱりルイスは意地悪だった。

（――思うよ！　陛下は私のことを実の娘と信じてるからね！　母様が陛下に泣きつけば、陛下は私のお願いを叶えない訳にはいかなかった筈だもん！）

ルイスの馬鹿にしたような発言にむっとするが、本当のことを言い返す訳にはいかなかった。

（建国祭の後、もし私が生きていたら陛下に頼んで婚約解消しようと思っていたのに。ガッチガチの宗教的な婚約じゃ、それもできないの？　……あれ？）

喉に引っかかった小骨のように、何か違和感があった。アリシティアはそれがなんなのかわからず、ひたすら考え込み、黙り込む。

そんなアリシティアを、さっきまで機嫌が良かった筈のルイスが睨みつけた。

「……ねえ、ショックを受けてるの？」

ぐるぐると思考の渦に入り込んでいるアリシティアの顎に手が伸びてきて、ふいにルイスの方に顔を向けられた。

「え？」

「…もしかして婚約を解消したいとか考えてた？」

「いえ、それは……あの」

「あのね、僕たちの結婚は決定事項だよ？　今更どうにもならないよ？」

「ええ、そう……ですね？」

ここで答えを間違える訳にはいかないと、アリシティアも流石に理解している。

王の口利きと言うだけではなく、宗教絡みの政略結婚の側面もあったのであれば、アリシティアが国王に頼んでも、簡単に婚約を解消できないかもしれない。

（だから、ルイスが私をあんなにも憎み、嫌っていても、婚約破棄の話だけは出なかったのか）

童話と違って、現実は結婚がハッピーエンドではない。

ただ、婚約破棄できなくても、物語の通りにアリシティアが死ねば、ルイスとアリシティアの婚約はなかったことになる。

そうなれば、王女がルイスに降嫁できる。派閥問題は、エヴァンジェリンが王位継承権を放棄するだけで済む筈だ。

ツキンと痛む心臓を無視して、アリシティアは黙り込んだ。その顔をルイスが覗き込む。

「……何？」

「――あなたも、女神の祝福がほしい？」

上目遣いで首を傾げ、アリシティアが問う。

アリシティアの顔を見つめながら、ルイスは目にかかった柔らかな前髪をかき上げ、微かに微笑んだ。けれど、ルイスのその表情は泣きそうにも見えた。

「……ねぇ、君が一番知ってるよね？　僕は罪そのものだ。僕は女神に縋《すが》っていいような存在じゃない」

ゆっくりとした甘いテノールが耳に響く。ともすれば扇情的にも見える笑みを浮かべて、ルイスはアリシティアの頬に手を伸ばした。

『この国を守れるなら、僕はどれ程の血にまみれてもかまわない』

『泣かなくていいよ、僕には救われる価値なんてないのだから……』

アリシティアの記憶の中で、小説の中のルイスと、現実のルイスが重なる。

小説の中のルイスは、罪深い存在である自分がエヴァンジェリンを汚すことを恐れて、エヴァンジェリンを愛していながらも、彼女を手に入れようとはしなかった。

けれど、現実にはルイスの罪など、何一つありはしない。あるのはアリシティアの罪だけだ。

（――あなたの心を救うのは、私ではない）

アリシティアは離れていた八年を思い、喉を絞めつけられるような感覚に囚われていた。ルイスの背負う苦しみを想像して、心が悲鳴を上げる。

長く綺麗な指が、アリシティアの頬を撫でる。気づいたら溢れていた涙をルイスの指が拭き取り、ルイスはアリシティアの目尻に唇を寄せた。

「ねぇ、泣かないでよ。……僕は君を泣かせたい訳じゃない。子供の頃から君の涙は綺麗すぎて、僕は君に泣かれると冷静ではいられない……」

囁くような声で、ルイスはアリシティアの唇に掠めるようなキスを落とした。

「……わたし……は、あなたが思うように、綺麗な存在じゃない……。あなたは、私の罪の大きさも、私がどれ程汚れているかも知らないから」

ルイスはあの嵐の日の惨劇で、アリシティアが何をしたか知らない。

あの事件に関わる全ては、闇に葬られた。けれどそれはルイスのせいではない。

全ては、アリシティアが望んだこと——

＊＊＊

ルイスの父である前侯爵は、闇社会で美しい子供たちを、愛玩奴隷として売買していた。

そして、気に入った少年を自ら陵辱し、飽きたら同じ趣味を持つ貴族にその少年たちを売り払っていた。

結果、夫がルイスに似た少年を陵辱する現場を目の当たりにした前侯爵夫人は、衝動的に夫を滅多刺しにして殺した。

夫人はルイスが自分の夫に陵辱されていると、勘違いしたのだ。それは小説の中だけで明かされた事実だった。

現国王の妹が降嫁した侯爵家の、ひいては王家の、国が大きく揺らぐ程の大罪。

もしもその事件が明るみに出れば、国中から憎悪を向けられ、その罪を背負わされるのは、間違いなく一人生き残った十一歳のルイスだ。

だからアリシティアはルイスを守ることを選択した。事件を完全に闇に葬るよう、王弟と取引したのだ。

被害者たちの苦しみも痛みも、恐怖も憎しみも無念も、全てから目を逸らして——

それは、アリシティアが背負う罪の一つになった。

アリシティアの思惑のせいで、被害者たちの悲鳴は、誰にも届かなかった。何人もの関係者が、正当な裁きを受けることなく命を落とした。

国のためなどという、大義名分すらない。ただ、利己的な理由。

現実はとてつもなく残酷で、物語のように美しくはない。

＊＊＊

ルイスの心を蝕《むしば》む事件を思い出しながら、アリシティアは目を閉じた。

先程のルイスとの会話で、一つだけわかったことがある。

アリシティアが生きている限り、ルイスがお姫様と結ばれる未来は来ない。

王家に忠誠を誓うルイスは、アリシティアが死ぬまで、この婚約から逃れられない。

ルイスの幸せを邪魔しているのは……

アリシティアは泣き出したい気持ちになる。

何年もの間、こんな想いは閉じ込めてしまおうとしてきたのに、どんなに努力しても溢れ出してしまう。

ルイスに死んでほしくない。幸せになってほしい。それは本心だ。

小説通りアリシティアが死ねば、ルイスはエヴァンジェリンのそばにいられる筈だ。

けれど、その未来を思うと、心が引き裂かれるように痛む。

「……ねぇ。僕の最愛の婚約者殿。たとえ君の存在が、君の言うような罪深いものだとしても、君がどんなに嫌がろうとも、僕以外に好きな人がいようとも……。生きている限り、君と僕の婚姻は避けられない」

(――それはあなたも同じでしょう?)

ルイスの言葉に、ゆっくりと目を開けたアリシティアは、淡く空気に溶けるように微笑む。

そんなアリシティアの唇は、ルイスの唇によって塞がれた。

次第に深くなっていく口付けになんだか集中できず、アリシティアはぼんやりと考え続けていた。

婚約破棄できない、宗教的な政略結婚。

アリシティアが口を出そうが出すまいが、結果は同じだった、ルイスとアリシティアの婚約。

白亜の宮殿で飛び交う青い蝶。

小説の中では、要所要所で青い蝶が舞う描写があった。

だが、現実に青い蝶の数はそう多くはない。王宮で飛んでいる青い蝶は、アリシティアが式神にする気で飛ばした蝶だ。

女神の祝福。女神の癒し。

小説の中のルイスが死ぬ間際に現れた青い蝶。

本来なら、アリシティアがルイスと婚約した年から一年後に婚約する筈だった、小説の設定にしか存在しない、ルイスの名無しの婚約者。

(――ああ、そうか)

小説にただの一度も出てこなかった、存在を匂わされることすらなかった、ルイスから死の瞬間でさえ思い出してもらえなかったルイスの名無しの婚約者は……

(――私《アリシティア》自身だったんだ)

それは、夢と現《うつつ》を彷徨《さまよ》うような、とても不思議な感覚だった。

この世界は本当に、タイトル通り青い蝶が見ている夢の中ではないのだろうか。

ふと、そんな考えがよぎる。

設定集に一行しか出てこないルイスの婚約者は、確かに物語の中に存在していた。

ルイスが死ぬ時、彼の前に現れた青い蝶は、彼の婚約者が死にゆく彼に与えた、女神の癒しだったのだ。

『青い蝶が見る夢』の小説の中、アリシティアの名が出てくるのは番外編、『雪の妖精と孤独な王子様』の中だけ。

その物語は、泣き方を知らない王太子が、幼なじみの少女の死を知るところから始まる。少女の名は、アリシティア・リッテンドール。

番外編の中では、過去の回想シーン以外で、蝶が舞う描写は一度もなかった。

暗殺された王太子が息絶える時ですら……

当たり前だ。だってその時にはすでに、アリシティアは死んでいたのだから。

名無しの婚約者と番外編で名前が出た時にはすでに死んでいるアリシティアは、同一人物だった。

アリシティアは行き先を見失った迷子のように、心細さと先の見えない恐怖に囚われていった。

「アリス……」

少し掠れた小さな声が甘く囁く。思考に囚われかけていた意識が、ふいに引き戻された。

角度を変えながら柔らかい唇が何度も押し当てられ、舌を伝って互いの唾液が絡まり合う。呼吸さえ奪われて、息苦しさに顔を横に振る。

唇が離れ、絡められていたルイスの舌が、アリシティアの唇を小さく舐める。

アリシティアがまぶたを開き、そっと見上げると、見る角度によって色を変える美しい瞳が、熱を宿して見つめ返してきた。

解放された唇を開いて、深く息を吸い込む。そんなアリシティアを見下ろしたルイスが、頭上で微かに笑った気がした。

「……もしかして、酔っていらっしゃる？」

問いかけるアリシティアに、ルイスはあまりにも甘ったるく微笑み、頬に額に、まぶたに、キスの雨を降らせてくる。

「月香花にやられた。この花は切る時が、一番強く匂うんだ。酩酊感がすごくて、何度も倒れそうになった。……ねえ、知ってる？　月香花って、魔女が精神を操る薬を作る時に使うんだ。花を切る時の香りは、その薬の原液のようなもの」

「知りませんでした。それなのに、こんなにたくさん摘んできたのですか？」

「うん。だって君に喜んでもらいたくて。それに、確認したいことがあったんだ」

ルイスはほんの少し拗ねたような声色で、再びアリシティアに唇を重ねる。とても軽い、触れるだけの口付けを、何度も繰り返した。

今のルイスは、幼い日のルイスそのものだ。甘え上手で気まぐれな猫のような、美しいキス魔の少年。

月香花の影響を強く受けているのだろう。

「確認ですか？」

「うん、確認して、――確信した」

「……何を？」

「内緒」

ルイスは浅く唇を重ねたまま、囁くように問う。

「ねぇ、もう一度抱いてもいい？」

その言葉に、アリシティアはふっと苦笑を漏らした。

きっとルイスは知っている。アリシティアが拒絶しないことを。

なんとなく悔しいので、アリシティアは返事の代わりに自ら唇を重ね、その柔らかい下唇を食んだ。そんなアリシティアの行動に、ルイスはふわりと微笑んだ。

いつもの甘ったるい笑顔とは違い、そこには淡雪のような儚さがあった。

＊＊＊

（ああ、もう嫌）

アリシティアは朝からすこぶる憂鬱《ゆううつ》だった。

「はああ……」

盛大にため息を吐いて、猫脚の机に両手で頬杖をつく。

すかさず、背後からいかなる時も厳格な態度を崩さない執事の声が飛んできた。

「お嬢様、嫌なことを後回しにしても、結局はやらなければならないのです」

アリシティアの執事は、元々は王家の影であったが、あの嵐の日の惨劇から数ヶ月経った頃、王弟の紹介状を手にアリヴェイル伯爵のタウンハウスへとやってきた。

つまりはアリシティアの執事であるくせに、アリシティアを見張っている王弟のスパイなのだ。

「貴族って、何もかも使用人にしてもらえるから貴族なんじゃないの？」

「特権を享受するのであれば、義務も伴います」

「そんな大仰な話じゃないわよね。たかだか手紙の内容確認と返事よね？」

アリシティアの眼の前には、招待状が山と積まれていた。デビュタントの夜会の翌日だというのに、すでに多くの貴族から、夜会やサロン、お茶会への招待状が届いているのだ。

どれもこれも、『王の甥であるラローヴェル侯爵の婚約者』への招待状だ。

そこへアリシティアがのこのこ出かけていけば、寄ってたかって粗探しをされ、皆から笑い者にされるに違いないと思ってしまうのは、人見知りゆえの被害妄想だろうか。

「たかが手紙を読んで、お返事を書くだけではないですか」

「その『たかが』が、人見知りの私には難易度が高すぎるの！」

アリシティアは机に伏せてうわーんと声を上げて泣き出した。もちろん涙は一滴も流れてはいないのだが。

世間には代筆屋という仕事だって存在する。手紙の返事を人に書いてもらって何が悪い。

そう訴えるのだが、社交界デビューしたてのたかが伯爵令嬢が、目上の人からの招待状に自筆の返事を返さなければ、まともに手紙すら書けないと思われる、らしい。執事曰く。

結局ペンを持つ気にはなれず、積み上げられた封筒を手に取り、ひとまず全ての差出人に目を通していく。

無論、王家の影である限りは貴族の名前くらい頭の中に入ってはいるが、とりわけ目を引く名前はない。

だが、その中の一つの封筒に目をとめた。

淡いピンク色の封筒。裏にはインサーナ子爵家の印が押されている。

インサーナ子爵令嬢は、あの闇オークションの日、エヴァンジェリンに言われて、アリシティアを仮面舞踏会の会場から誘拐犯の待ち構えている庭園の奥へと連れ出した人物だ。

アリシティアは執事から銀のペーパーナイフを受け取り、封を切る。

わずかに荒れた文字に目を通し、アリシティアは知らず知らずため息を零した。

手紙には、先だっての仮面舞踏会の夜の謝罪と、お詫びにお茶会に招待したいという旨が書かれていた。

昨夜の夜会で、インサーナ子爵令嬢はルイスに話しかけてきたが、見事に邪険にされていた。あれはもしや、謝罪したかったのだろうかと、思いを巡らす。

「流石にこれには返事をしなきゃいけないわね」

正直面倒以外の何物でもない。謝られたところで何も変わらない。

謝罪する側はスッキリして終わったことにできるかもしれないが、アリシティアからすれば謝罪を受けるためにわざわざ彼女の邸に出向き、仲が良い訳でもない令嬢と向き合う時間など、苦痛以外の何物でもない。

「では紙と封筒をご用意いたします」

執事は即座に文机に便箋と封筒を置き、インク壺の蓋を開ける。

今すぐ書けという無言の圧力を感じる。

仕方なくペンを取ったアリシティアは、渋々ペン先をインクに浸した。

＊＊＊

夜会から三日後、結局アリシティアは迎えにきた馬車に乗って王都の外れにある、インサーナ子爵家の邸に来ていた。

見上げた空は曇天で、ゆっくりと流れる灰色の雲は重く垂れ込め、今にも泣き出しそうだった。

馬車から降りたアリシティアを執事が丁重に出迎え、アリシティアは瀟洒《しょうしゃ》な応接室に通される。

部屋に入ると、白いソファーに座っていた女性が、慌てたように立ち上がり礼をした。

「遠いところをわざわざおいでいただき、感謝いたします。アリヴェイル伯爵令嬢」

インサーナ子爵令嬢は淡い栗毛に大きな瞳が印象的で、小がらな女性だった。アリシティアより年上であるはずだが、かなり童顔で、小動物のような雰囲気がある。

「お招きありがとうございます」

アリシティアは腰を落として礼をとる。そして、手土産の白い花びらが交ざった茶葉の瓶詰めを差し出した。

「よろしければ、こちらを一緒にいかがですか？　王家に献上された物なのですが、ぜひあなたと一緒に飲んでほしいと、ルイス様からいただきましたの。とても希少な花を使ったお茶で、たったの一週間で香りが失われるために、一生に一度飲めるかどうかというものだそうです」

アリシティアの言葉に、インサーナ子爵令嬢は驚いたように数度瞬きした。

「ル……ラローヴェル侯爵閣下が、私のために……」

子爵令嬢はなぜか泣きそうな顔をして侍女を呼び、アリシティアから受け取った瓶を渡す。

すぐにお茶が運ばれてきて、子爵令嬢とアリシティアの前に、湯気の立つカップが並べられた。

アリシティアは細い指でカップを持ち上げる。甘い香りを少しだけ吸い込み、目の前でカップに口をつける子爵令嬢をしばらくの間ただ眺めていた。

彼女はその甘い香りに頬を緩めていたが、カップの中のお茶を半分程飲んだところで、顔を上げてアリシティアを見た。

ひとつ息を吐き、そして緊張した様子で話し始めた。手紙にも書いていた謝罪を、改めてつらつらと並べていく。

まるで練習したような彼女の言葉はどこか表面的で、また、端々に自分は悪くないが王女のお願いを断ることはできなかったのだという思いが透けて見えた。

謝罪というよりは言い訳に近い。とはいえ、アリシティアは彼女に対してなんの興味もなかったので、言葉に感情が伴わなくてもかまわなかった。

そもそも謝罪など望んではいない。自称引きこもりであるアリシティアがここまで来たのには、インサーナ子爵令嬢に聞きたいことがあったからだ。

アリシティアは言い訳を続けている彼女の言葉の合間に、穏やかに語りかけた。

「あなたに質問があるのですが、よろしいでしょうか?」

その言葉に、目の前の子爵令嬢の顔にあからさまな動揺が走る。何を言われるのかと身構えたのだろう。

「……はい」

「私は王女殿下にどうしてもと請《こ》われて、あの仮面舞踏会に参加しました。ですが、王女殿下はあの会場でルイス様と私が顔を合わせることによって、ルイス様が気まずい思いをするのを避けるため、彼が到着する前に私を会場から出そうとしたと仰っていました」

「ええ。その通りです」

「けれどあの場でルイス様と私を接触させるのが嫌なら、最初から私を参加させなければいいのです。なのに、なぜ王女殿下は交流もない私を、あえてあの夜会に呼び出したのか。あなたはその理由をご存じですか？」

心底不思議そうに首を傾げるアリシティアに、インサーナ子爵令嬢はしどろもどろに答える。

「それは、その……。殿下はあなたと話がしたかったと仰っていました」

「けれど、あの夜の殿下には、私に何か特別な話があるような様子はありませんでした」

最初は、小説で見かけるような嫌がらせをされるのではないかと思っていた。

服装や髪形をけなされたり、家のことを見下されたり、赤ワインをドレスにかけられたり。

でも拍子抜けする程に、そういうことは全くなかったのだ。

子爵令嬢は思案し、おずおずと口を開いた。

「あの、私が話したことを王女殿下には秘密にしてくださいますか？」

「もちろんです」

アリシティアは安心させるように、穏やかに頷いた。

「実はあなたが来なければ、ルイス様が……、いえ、ラローヴェル侯爵閣下が、招待を受けてくださらなかったので」

「どういう意味ですか？」

「それは……」

苦い顔をした子爵令嬢は唇を噛み、言い淀む。

アリシティアは嘘を見逃さないように、子爵令嬢に真っ直ぐな視線を向けた。

「王女殿下が侯爵閣下を仮面舞踏会に誘った時、閣下はあっさりとお断りになったのです。興味がないからと」

仮面舞踏会は社交の場というよりも、単純に貴族の遊びの場であるという面が強い。会場では顔を隠し、名前を隠す。相手が誰であるかわかってはいても、知らないふりをするのがルールだ。

目的もないのに、わざわざ参加しなければならないものではない。

「よくわからないのですが、それがなぜ私を参加させる話に繋がるのですか?」

「それが……。アリシティア様もその仮面舞踏会には秘密裏に参加する予定で、とても楽しみにしていると、王女殿下が侯爵閣下に仰ったのです」

「――それは、殿下が私に招待状を送ってくる前の話ですか?」

「多分、そうです。それで侯爵閣下は婚約者であるあなたが参加するのであれば……と、参加を了承してくださいました」

つまり、エヴァンジェリンはアリシティアが仮面舞踏会に参加すると嘘を吐いてルイスが来るように仕向け、ルイスはアリシティアを監視する目的で仮面舞踏会に参加することにした、ということだろうか。

(なんなの、それ!?)

呆れすぎて、アリシティアは盛大にため息を吐きたくなった。それでも令嬢らしく取り繕い、困ったように微笑んでみせる。

「私が夜の庭園に連れ出された理由は？」

もうここまで聞けば、だいたいの思惑は理解できた。

「あ、あの……。それは、あなたが会場にいなければ、王女殿下は侯爵閣下と、気兼ねなく仮面舞踏会を楽しむことができる……と、思ったようです。それで……」

子爵令嬢は言葉を詰まらせ、目を伏せた。

「つまり、私をだしにルイス様を誘い出したものの、私がそこにいるのは邪魔だったということでしょうか。それで私を排除しようとした？」

「そ、それは……」

(仮面舞踏会の会場で会ったところで、ルイスは私のことなど、見向きもしないというのに……)

不快感が込み上げてくる。

けれど呼吸を整えて、もう一つの疑問を口にした。

「庭園の月香花が満開だという話を、王女殿下が誰から聞いたのか、ご存じですか？」

「あ……の、私はその話を聞いていませんので」

子爵令嬢の肩が揺れた。

あの日、王女は見知らぬ男から、東奥の庭園の月香花が満開だという話を聞いたから、アリシティアに月香花を見せるため、そこへ案内させたと言った。

確かにその庭園には、月香花の木はあった。だが、花は咲いていなかった。

花が咲くのはほんの数時間だけだから、単に咲き終えただけかもしれないとも考えたのだが……デビュタントの日、ルイスが持ってきた月香花は、夜明けと同時に散った。その時、月香花は咲き始めから数時間で花びらは全て散り、地面を雪のように真っ白に染めるのだと、ルイスに教えられたのだ。

そして仮面舞踏会の夜、あの庭には、月香花の純白の花びらなど、落ちてはいなかった。

アリシティアは目の前で不安に怯える子爵令嬢に、強い視線を向ける。

「……ねえ、本当は月香花の話をした男性なんていなかったのでは？　あなたはあの夜、あの庭園で、何が起こるかを最初から知っていらしたのではありませんか？　全て知った上で、私をあの場所に連れていった」

アリシティアの言葉は、『お前は誘拐の片棒を担いだのだろう』と言っているようなものだ。

「わ、私はお断りしたんです！　作り話まで持ち出して、あんなことをするなんて。でも、殿下にどうしてもとお願いされて仕方なく！」

子爵令嬢はカタカタと小刻みに震え出した。

今の言葉はもうほとんど自白だ。月香花の話は誘拐について聞かれた時のための作り話で、彼女は何が起こるかわかった上で、アリシティアをあの場所へと連れていったのだ。

あの夜の誘拐事件は、王弟が言うように、エヴァンジェリンがアリシティアを誘拐するために仕組んだ、それだけのものだった。

(現実は得てして、小説のように複雑ではないということか……)

令嬢誘拐事件の闇オークションが絡むパターンとの類似性がありすぎて、アリシティアが深読みしてしまっただけらしい。

アリシティアは目の前のカップを持ち、中のお茶を一口飲んだ。お茶からは月香花の甘い香りがする。デビュタントの日、ルイスから貰った月香花の花びらを加工して茶葉に交ぜた物だ。

お茶にすると酩酊感は少なくなるが、薬物に体を慣らす訓練を受けているアリシティアとは違い、子爵令嬢は見事に月香花の影響を受けた。

精神を操る薬の原料なのだから、物事を深く考えることができなくなり、思考が単純になるだろうと予想した。先日の夜会で、花を摘んできた時のルイスのように。

そしてそれは、アリシティアの予想通りだったようだ。

(でも、私が邪魔で、排除したいのはわかるけれど、なぜ令嬢誘拐事件のイレギュラーパターンと手口が同じなの?)

邪魔なアリシティアを誘拐したところで、闇オークションの組織と繋がりがなければ、そのまま競売にかけたりはできない。

それに、誘拐した日にあの規模の闇オークションが開かれていたのだって、たまたまという訳ではないだろう。誘拐か、闇オークションか、どちらかをどちらかの日に合わせたのだ。

多分、令嬢誘拐事件のイレギュラーも同様だ。一連の令嬢誘拐事件の犯行組織に、闇オークション、……そして王女。その全てが、密に繋がっていなければ成立しない。

だが、小説では一連の令嬢誘拐事件の最終的なターゲットは、王女自身なのだ。小説の内容からしても、令嬢誘拐組織と王女が繋がっている可能性は、限りなく低い。

そこまで考えて、アリシティアはあまりにも単純で、だからこそありえないと思っていた可能性にようやく気づいた。

（ああ、なんだ。私は小説の内容に振り回されて、前提から間違っていたんだ。そもそも令嬢誘拐事件のイレギュラーなんてものは、最初から存在しなかったんだわ）

——全く性質の違う別々の令嬢誘拐事件が、たまたま同時に起こっていた。

多分、それが真実なのだろう。

よりにもよって、一国の王女が複数の令嬢を誘拐して、愛玩奴隷として闇オークションの競売にかけていた。誰もがありえないことだと一笑に付すに違いない。

閉ざされた鳥籠の中で育った王女は、純粋で無垢で、そして残酷だ。自分の世界から出たことのない彼女は、悪を悪だと知らないから。きっと自らの行動がもたらす結果をわかってはいない。

かつて、ルイスの父が犯した、国を、王家を、揺るがす程の大罪。王女はよりにもよって、彼と同じことをしたのだ。

体が震えそうになる。だが、奥歯を噛み締め、自らを律する。アリシティアは九年前のように、泣くことしかできない幼い子供ではない。

室内が重苦しい沈黙に包まれ、窓を打つ雨音に気づいた。

昼間だというのに外は薄暗く、強い風が窓を揺らす。窓の外に広がる空は厚い雲に覆われ、遥か遠くでは、時折暗雲が白く光っている。

「嵐が来る……」

アリシティアが呟いた時。その声に重なるようにノックが響いた。

壮年の執事が入室し、子爵令嬢に小声で何かを告げる。驚いたように目を見開いた子爵令嬢は、思わずといった風に立ち上がり、戸口へと視線を向けた。

アリシティアもまたつられるように扉を見ると、扉の陰から長身の騎士が現れた。

「失礼。王女殿下のご命令で、お迎えに上がりました。アリヴェイル伯爵令嬢、私と共においでくださいますようお願いいたします」

優雅に礼をとるダークブロンドの騎士は、レオナルド・ベルトランド・デル・オルシーニ。オルシーニ公爵家の三男で、王宮近衛、王女の幼なじみ、そして、この『青い蝶が見る夢』の世界のメインヒーローだ。

「なぜ？」

インサーナ子爵令嬢は愕然としたままレオナルドを見る。その言葉は、レオナルドに対しての問いなのか、それとも独り言なのか。

彼女の顔色は可哀想な程に真っ青で、体はガタガタと震えていた。

そんな彼女から目をそらし、アリシティアは雨が打ち付ける窓へと視線を向ける。

この部屋は二階にあり、入る前に目にした建物の高さを考えると、アリシティアなら問題なく飛び降りられるだろう。だが、その後雨の中どう逃げればいいのか。

土地勘もない場所で、逃げるための馬もいない。いっそ正面から……と考え、レオナルドを見る。

無駄のないしなやかな筋肉の付いた体に、隙のない立ち姿。もちろん腰には長剣を下げている。

(――うん。やめた)

こんなに白昼堂々人様の邸にやってきた上に、王女が呼んでいると言うのだから、とりあえずすぐに殺されたりはしないだろう。

逃げるだけなら逃げられないこともない、……かもしれない。多分。

だが嵐が来るだろうし、ずぶ濡れで走り回るのなんて、まっぴらである。

それに、レオナルドが一人でここに来ているはずはない。外には何人もの騎士がいるはずだ。もしも戦うことになれば、間違いなく多勢に無勢となるだろう。

だいたい今のアリシティアはドレス姿で、武器は暗器しかない。いくらアリシティアが影として訓練を受けていようと、物語の中のメインヒーローに勝てると思う程、うぬぼれてはいない。

アリシティアは大人しく捕まることに決めた。決してわざとではない。不可抗力なのだ。

何せアリシティアは世間的にはか弱い令嬢なのである。

「大人しくしていてくだされば、決して酷いことはしません。ただ念のため、手を縛らせていただきます」

そう告げて、悠然とレオナルドが室内へ入ってくる。その姿を前に、子爵令嬢がふらりと倒れた。彼女が倒れる瞬間、レオナルドがすかさずその体を支えたのは、流石物語のヒーローというところか。騒ぐ執事を無視して、レオナルドは子爵令嬢をソファーに寝かせた。

「失礼します」

レオナルドに両手首を体の前で縛られたアリシティアは、なんの特徴もない馬車に乗せられた。アリシティアに続きレオナルドが馬車に乗り込み、それと共に馬車は動き出した。窓には目隠しがされていて、どこをどう走っているのか、わからなかった。わかるのは馬車の外観の割に、乗り心地が良いことだけ。多分これは王家のお忍び用の馬車なのだろう。

時間にして三時間、雨が激しさを増す中たどり着いたのは、湖のほとりに立つ、古城だった。アリシティアはこの場所を知っていた。確か老朽化していて、ここ数年は修繕のために使われていないはずだ。

馬車から出されたアリシティアは、城の中へと連れていかれる。

城の中は、やはり人がいないからか、埃っぽく、絵画などの装飾品もない。

興味深げに周囲を見渡しながら歩いていると、レオナルドがアリシティアを見て、怪訝そうな表情をする。

「これからどんな酷い目に遭わされるかもわからないのに、随分と落ち着いていますね。アリヴェイル伯爵令嬢」

「落ち着いている訳ではありません。今にも心臓が壊れてしまいそうです」

淡々と答えるが、心臓は本当に早鐘を打っている。緊張で全身が強張り、手も小さく震えている。

もしもこれが影としての潜入であれば、必ず補佐する人間がどこかにいるため、ここまで酷く緊張することはないだろう。

けれど、今ここでは一人なのだ。王女の目的もわからない。

「大人しくしていれば、酷い目には遭わせないと約束してくださったでしょう？　あれは、嘘だったのですか？」

「嘘ではありません。俺は、あなたに酷いことをする気はありません」

一人称がいつの間にか俺になっているのは置いておくとして、レオナルドはあえて『俺』を強調した。つまり他人のすることについては、レオナルドの関知するところではないということなのだろう。

ぼんやりと考えている間に、レオナルドは立ち止まり、部屋の扉を開く。

「申し訳ありませんが、あなたにはしばらくの間、この部屋でお待ちいただきます」

（やっぱり、逃げるべきだったかな）

部屋の中に一人残され、外から鍵をかけられて、アリシティアは肺の中を空にする程に深く息を吐き出した。

先日はヒロインの指図で誘拐され、闇オークションにかけられたが、今回はメインヒーローの手で、古城に拉致監禁されるようだ。

本編には名前も出てこないモブであるにもかかわらず、アリシティアの人生はなぜかハードモード全開である。

石造りの無骨な古城は、雨で気温が下がっているせいか、今の時期にしては肌寒い。

アリシティアは室内を見渡した。魔石の明かりに照らされた室内には、簡素な寝台と椅子が一脚あるだけだ。

窓際に近寄り、外を見ようと思ったものの、強い雨が窓に叩きつけている上に、窓全体にホコリの膜が張っていて視界が悪い。

「うーん……。別にいいか」

独り言を呟き、縛られたままの右手の指先で、アリシティアは左手中指の指輪を器用に外した。

指輪についている石を横にずらすと、そこから小さな刃が飛び出す。

そのまま指先で指輪を持ち、手首を縛る縄に指輪の刃を入れる。縄ははらりと床に落ち、アリシティアの手首はあっけなく解放された。

それと共に、これまで胸にのしかかっていた不安と緊張の影が薄くなる。

広い場所で、手足が自由に動くだけでも随分と違うものだと思う。

「肩が凝ったわ」

後手に縛られるよりはマシであるが、長時間腕を拘束されるのは、辛いものがあった。

アリシティアは肩を回しながら窓の鍵を外す。窓を開けようとしてみるが、蝶番が錆びついているのか、簡単には開かない。仕方がないので足を振り上げ、蹴りつけると、パンッと激しい音を立て、窓が勢いよく開いた。

途端、吹き込んだ風が銀の髪を巻きあげ、スカートがはためく。渦巻くような強風に煽られた大粒の雨は、痛い程に強くアリシティアの皮膚を叩いた。

窓枠に手をかけ、目の前に広がる酷く暗い色をした湖に目を向ける。眼下にも吸い込まれそうな一面の水が広がり、湖面は荒ぶり波立っていた。

空は幾重にも重なる暗雲に呑まれ、視界の遥か彼方では白く鋭い閃光が走り、その切っ先が大地を穿つ。数秒の時間を置き、雷鳴が耳に届いた。

その光景はまるで、あの惨劇の日にローヴェル邸で見た空のようだった。

アリシティアは体温を奪い尽くす冷たい風に身を震わせた。

窓からは逃げられない。ここから飛び降りれば、溺死待ったなしだ。

となれば、逃げる時には正面突破しかない。外から侵入する方法は実戦で叩き込まれているが、その逆となれば臨機応変という言葉しか思い浮かばない。

実のところ、行き当たりばったりの運任せである。

数秒悩んだ後、アリシティアは目の前に手のひらを出し、ふっと息を吹きかけた。それは金の光の粒になり、やがて青い蝶の姿に変わる。雨風の影響など受けはしないようで、蝶はひらりひらりと舞う。

なんの役にも立たない蝶たちだが、淡く光っている彼らがこの古城の周囲を飛んでいれば、アリシティアがここにいるという目印くらいにはなるかもしれない。

幾匹もの蝶を飛ばした後、アリシティアは窓を閉めた。

上半身はすっかり濡れてしまっていたが、体を拭くものもない。仕方なく顔の雨粒を手で払い、体を猫のように震わせ、寝台の端に腰を下ろした。

これ程の雨でありながら、アリシティアがインサーナ子爵家からなんの連絡もないまま邸に帰らなければ、アリシティアの執事は間違いなく王弟に知らせるだろう。何せ彼は王弟のスパイなのだ。そのくせ執事の仕事もしっかりとしていて、アリシティアの教育も、ちっとも手を抜いてはくれなかった。そこは不真面目になってほしいところであるというのに。

彼は、アリシティアの母が亡くなった後も、ずっとアリシティアの世話係としてそばにいる。

アリシティアの父は母の死を受け入れられなかったのか、母に似ているアリシティアを見るのが嫌だったのか、領地に引きこもってしまった。もしかしたら、母が隠していたはずのアリシティアの出生について、何か知っているのかもしれないが、事実はわからない。

アリシティアの父は社交シーズンすら王都に顔を見せないが、人見知りの変わり者で通っていることもあり、なんの問題もないようだ。

アリヴェイル伯爵領には魔石の鉱山がある。しかも、横に長い領地の外れは海に面していて、そこは重要な航路の中継地となっている。広大な穀倉地帯のようなものはないが、交易の要所であり、流通が活発で豊かな土地だ。

だから、中流の伯爵家とはいえ、お金だけは十分にある。父はアリシティアに膨大な金だけを与え、一切関与せずずっと放置していた。

「身代金目的……、ではないわよね」

白昼堂々王女の名を使ってこんな場所に連れてきて、身代金目的は考えられない。そもそも相手は王女だ。きっとお金は掃いて捨てる程あるに違いない。

王女の名が勝手に使われただけで、別の人間が犯人である可能性もない。レオナルドが動いているのだから。

「その割には闇オークションで令嬢を競売にかけていたのよね。その落札金はどこに流れているのかしら？」

アリシティアは濡れたままの体で、背中から寝台に倒れ込む。仰向けになり、薄汚れた天井をぼんやりと見た。

「これ、生きて帰してもらえないやつだったりして……」

もしもこれが前世のサスペンスドラマなら、逃げて偉い人に事実を訴えたところで、口封じに殺される村人Aだ。

だが、アリシティアはただのモブではない。虎の威を借る狐ならぬ、王太子の威を借るモブで悪女なのだ。いざとなれば、隠れシスコンの異母兄（推定）に泣きつこうと心に決める。

ちなみに王弟は論外だ。借りを作ると酷い目に遭うことくらい、わかっている。

思考の海に沈んでいた時、扉の外でガチャリと硬質な音が響いた。

外から鍵が開けられる。ノックの直後返事を待つことなく扉が開き、メイドのお仕着せを着た女性が入ってくる。その手にはドレスを持っていた。

体を起こし扉を見ると、開いた扉の向こう側にはレオナルドがいて、アリシティアの濡れた上半身と、縄のない手首に視線を向け、わずかに眉根を寄せた。だが、すぐにいつもの無表情になる。

「彼女に体を拭くタオルを持ってきてくれ」

レオナルドがメイド姿の女性に命じる。

女性は不機嫌そうに顔を歪め、壁にドレスをかけた後、アリシティアを忌々しげに睨み、部屋から出ていく。仕事を増やすなとでも言いたいのだろう。

修繕中とはいえ、これは城仕えの使用人の態度ではないなと思う。

「晩餐まで時間がありますので、体を乾かしたらそちらのドレスにお着替えの上、いましばらくお待ちいただけますようお願いいたします」

レオナルドは丁寧な口調で淡々と告げるが、アリシティアは思わぬ言葉に小首を傾げた。

「晩餐ですか？」

「はい。到着が遅れているお客様がいらっしゃいますので、正確な時間はお伝えできないのですが」

この嵐の中、こんな修繕中の使われていない古城にアリシティアを拉致監禁しておいて、晩餐とは。

王女が何を考えているのかさっぱりわからない。しかも、客を呼んでいるらしい。考えるまでもなく、ろくな客ではないだろう。

「それで、私に着替えろと？」

「殿下のご命令です。ただ、申し訳ないのですが、あなたの侍女は用意していませんので、ご自分で着替えていただくことになります」

「お断りしたらどうなりますか？」

「無理にでも、着替えていただきます。その際には、先程のメイドと、下男がお手伝いします」

つまり、力ずくで押さえつけてでも着替えさせると言いたいのだ。全くもって意味がわからない。

「私にドレスを一人で着ろとおっしゃいますの？」

「そうです。そのために、一人で着られるドレスを用意させていただきました」

アリシティアは困惑しつつ、表情に出さないように少しだけ考え込んだ。

「せめて、鏡を用意してはいただけませんか？」

「申し訳ございませんが、あなたの安全のために鏡は用意できません」

「はあ……」

アリシティアがヒステリックに鏡を割って、その欠片を使い暴れたり、もしくは自死するとでも思っているのか。

（それなら、護身用の武器を持っているかどうか、衣服の下をあらためるくらいはしたらいいのに……）

そこまで考えて、ここには侍女がいないので、令嬢の体に触れることができないのかもしれないと思い至る。

拉致監禁しておいて、素晴らしい騎士道精神である。乾いた笑いが漏れる。

「お客様がどなたであるか、伺っても？」

「申し訳ありませんが、お答えしかねます」

「誰であるかを教えられないということは、その晩餐はあなたの言うお客様とご一緒する訳ではないのですか？」

「その通りです」

「ではどなたと？」

「誰とも」

「は？」

思わず目を見開き、無言でレオナルドと向き合っていると、先程の女性が手にタオルを持って再び部屋に入ってきた。女性はアリシティアにタオルを押し付け、早々に出ていく。

女性の後ろ姿を見送った後、アリシティアは再びレオナルドを見る。碧玉の彼の目は何を考えているのかさっぱりわからない。

そういえばレオナルドは、無口なクール系ヒーローであった。いや、令嬢の拉致監禁の実行犯なのだから、今は目にハイライトがない系の闇落ちヒーローというやつかもしれない。まあ、見たところ普通にハイライトはあるようだが。

「無理やりドレスに着替えさせ、私一人で食事をとらせることの必要性が理解できないのですが」

「そうでしょうね。ですが、あなたはきっと知らない方が幸せです」

「……わかりました」

アリシティアはなんとなく面倒になり、レオナルドの言葉を受け入れた。

レオナルドが部屋から出ていった後、アリシティアは体を拭き大人しく用意されたドレスに着替えた。

実際問題、雨に濡れて寒かったので、ちょうど良いといえばちょうど良い。

その間にも、嵐はますます酷くなっていく。

吹きすさぶ風は荒々しく咆哮《ほうこう》を上げ、時折白い光が暗雲を切り裂く。雷鳴が轟き、大地を抉るような衝撃が窓ガラスを揺らした。

嵐の中、何もない部屋でただじっとしていると、アリシティアはかつてのローヴェル邸での惨劇を思い出しそうになる。血に濡れた廊下で、ただ、ルイスを抱きしめて、救いが来るのを待っていたあの日を。

あの日まで、未来は変えられると思っていた。惨劇を止められると。だが、全てはアリシティアの思い上がりだった。

もしかすると、ここに来るまでに逃げなかった選択だって、間違っているのかもしれない。

アリシティアはずっと、自分は物語の番外編の情報通りに、二十歳になるまでは死なないと思っていた。けれどそれが間違いだったなら？

この世界は物語通りに進んでいる訳ではない。小説の始まりの時点からすでに違っていたのだ。

三人目のヒーローである、宰相の義理の息子ウィルキウスは存在しない。

番外編に名前しか出てこなかったアリシティアは、今や王家の影として暗躍している。

何よりも、純粋無垢な可愛いお姫様は、とてつもなく残酷な側面を持っていた。

だとすれば、やはり大人しく帰してもらえる可能性などない気がする。

この先アリシティアが知るのは間違いなく、不都合な真実だから——

吹きすさぶ風が窓を叩き、一際大きな雷鳴が城全体の空気を震わせた時、再びノックが響いた。

アリシティアは一瞬迷った後に返事をすると、鍵を開ける硬質な音が響き、レオナルドが姿を見せた。

「お待たせいたしました。晩餐の用意が整いましたので、ご案内いたします」

レオナルドは無表情で扉を大きく開け、部屋から出るように促す。

「あなたはまるで執事のような仕事をしていますね」

「命じられれば」

レオナルドは表情も変えずに答え、晩餐が用意された部屋へとアリシティアを連れていった。

案内された部屋は、客間を少し広くしたくらいの大きさで、左側の壁に横長の大きな鏡が嵌め込まれている。

違和感は一瞬だけ。その鏡が持つ意味に気づくのに、時間はかからなかった。

戦慄が背筋を走る。喉元に苦いものがせり上がってくる。

アリシティアは不快感を隠しもせず、レオナルドを睨んだ。

「人の食事風景を見世物にするなんて、悪趣味にも程があるわ」

今いる部屋から鏡の向こう側は見えないが、そこには幾人もの気配があり、ねっとりと絡みつく視線がアリシティアに向けられている。

「それについては俺も同感です」

精悍な顔は相変わらず無表情ではあるが、レオナルドもまたこういった趣向は不本意なのだろう。

(常識的な感覚を持ち合わせているのに、王女の命令には従わなければならないの？)

近衛も大変だなとは思うが、同情はしない。

「なんのためにこんなことを？」

「先程も言いましたが、知らない方があなたのためです」

「では質問を変えます。ここはなんのための部屋なの？」

促されるままに椅子に腰掛けたアリシティアの問いに、レオナルドが答えた。

「かつて、この城で晩年を過ごした老いた王が、年若い寵妃の体を部下に与え、それを覗き見るために作ったようです」

予想通り壁の鏡は、隣の部屋から見ればガラスのように透けていて、こちらを覗くことができる仕組みのようだ。

「そんな部屋で食事をしろと？　せめて、ここは白雪姫の継母の部屋で、あれは魔法の鏡だと言ってほしかったわ」

「しらゆきひめ？」

「独り言よ。気にしないで」

話している間にも、アリシティアの前に食事が並べられていく。

だが、晩餐と言う割には、あまりにも平凡な料理だ。並べているのも、服装からして給仕係ではなく料理人だ。ここは本当に最低限の使用人しかいないのだろう。

いや、その使用人すらも、正規で雇われた人ではなく、どこかからかき集めてきた人かもしれない。全てが終われば、殺して、何もかもなかったことにできてしまえるような……

「食べたくないのですが、食べなくてもいいですか？」

レオナルドはやはり無表情で淡々と答えた。

「無理矢理食べさせろとは、命じられていません」

とりあえず安心する。別に好き嫌いはないが、こんな状態で食べろと言われたところで、食べる気はしない。

この晩餐は、アリシティアに食事をさせたい訳ではなく、ドレスを着たアリシティアの姿を、鏡の向こうの部屋にいる人間に見せたいだけなのだろう。

なんのために……とは考えるまでもない。

こんなことを思いつく人間がいるのかと思うと、さらに不快感が増した。

アリシティアは知っている。息苦しさすら感じる重い空気を、色と欲を含んだ醜悪な熱気を、このおぞましい気配を、アリシティアの体は全て覚えていた。

あの闇オークションで、薬により体の自由を奪われ、客たちによって自らに値段をつけられた時の、全身の血が沸き立ちそうな程の不快感。

間違いなく、アリシティアは今、隣の部屋で『商品』として競売にかけられている。

「この後、私はどうすればいいですか？」

しばらくの間テーブルの前に座っていたアリシティアは、おもむろにレオナルドに問う。食事に手を付けることはなかったが、それに対して、レオナルドは何も言わなかった。

テーブルの下、両手を膝の上で重ね、右手で左手の袖口を触る。指先で冷たく硬質な金属の存在を改めて確認した。

着替える時、見張りはつけられなかったので、身につけている暗器は全てそのままだ。

アリシティアは手元の隠し武器をいつでも抜ける姿勢で立ち上がり、壁際に立つレオナルドの方に体を向ける。

もしも、隣の部屋で鏡越しに見ている人間の相手をしろとでも言われたら、袖の中の短剣を投げるつもりだ。

レオナルドは戸口近くに立ってはいるが、戸口を塞いでいる訳ではない。逃げるくらいはできるかもしれない。できれば剣を奪いたいが、レオナルドが相手では流石に無理だろう。

「この後は、王女殿下のところにお連れします」

「え？」

エヴァンジェリンがすでにこの城にいるという事実に、アリシティアは驚いた。

アリシティアにドレスを着せ、晩餐という名目の見せ物にしているのは、やはり王女本人なのか。

（本当にありえないくらい、悪趣味ね）

吐き気がする程に不快すぎて、アリシティアは冷笑する。

「嫌だといえば？」

正直なところ、こんな場所で訳もわからず見世物になっているくらいなら、王女の前に引き出される方がよほどマシだとは思う。

それくらい、鏡の向こうから感じる、絡みつくような醜悪な視線がおぞましい。

「殺されたくなければついていきてください」

「殺されはしなくても、大人しく帰してもいただけないのでは？」

「そうかもしれません。ですが少なくとも、俺はあなたを傷つけないとお約束します」

殺害をほのめかし脅しておきながら、傷つけないとは。

「そう、ならいいわ」

アリシティアの反応が、レオナルドにとって予想外だったのか、彼は怪訝そうな視線をアリシティアに向けた。

レオナルドが殺す気で来れば、きっとアリシティアにはなすすべもない。だが、レオナルド以外はきっと寄せ集めの使い捨て人員だ。だとすれば、逃げることくらいはできるだろう。

何せアリシティアは王家の影として、戦闘をメインに散々仕込まれてきたのだ。――死亡フラグは立っているけれど。

アリシティアは、レオナルドの視線など無視して、さっさと戸口に向かって歩き出した。

不気味に静まり返った古城に人の気配はなく、周囲にはアリシティアのヒールの音だけが響く。

前を歩くレオナルドは、薄暗く荒れた廊下を、足音を立てることもなく歩いていく。彼の足音はまるで床に吸い込まれているようで、騎士というより、暗殺を専門にする影のようだと、アリシティアは思った。

幾度か角を曲がり、簡易な木材で仕切られた区画を越えた途端、周囲の雰囲気は一変した。

先程までアリシティアがいた場所とは違い、廊下の壁に設置された燭台には明かりが灯り、床は磨かれた大理石が敷き詰められている。埃ひとつ落ちてはいない。

どうやら城全体の修繕は終わっていないが、この区画は修繕を終えて、使用可能な状態にあるようだ。

飾り立てられた華美さはないが、目につく場所は全て整備され、掃除も行き届いている。

別に古くて荒れた場所が嫌だと言う訳ではないが、修繕された場所があるのなら、最初からそちらに部屋を用意してくれても良かったのではないかと思う。

今更ながら、先程まで入れられていた部屋は、普通の令嬢なら、怖くて泣き出すレベルだったような気がしてきた。

「お姫様のくせに、なんて地味な嫌がらせ」

「今のは聞かなかったことにしておきます」

アリシティアの呟きを、レオナルドは耳ざとくしっかりと聞き取っていた。

その後は口を開かなかったレオナルドは、二人の騎士が守る重厚な扉の前で足を止め、迷いなく扉を開く。

「アリヴェイル伯爵令嬢をお連れしました」

室内に足を踏み入れたアリシティアを、春の女神のような女性が、美しい微笑で迎えた。

エヴァンジェリン・クレメンティア・ディ＝クレッシェンティウス。

ほっそりとした体に、艶のある豪華な金の髪にシトリンの瞳。この国の第一王女で、『青い蝶が見る夢』のヒロインその人である。

彼女の背後には、幾人もの使用人が控えていた。ここには最低限の人数の使用人すら揃っていないのかと思っていたが、どうやら王女には、しっかり付いているようだ。

「ようこそ、アリシティア様」

彼女は微笑んでいるはずなのに、どこか勝ち誇っているようにも、苛ついているようにも見えた。

「お呼びと伺い参上いたしました。エヴァンジェリン王女殿下」

実際には拉致されて来た訳だが、そこはぐっと言葉を飲み込んで、丁重にスカートをつまみ腰を下げた。

何せ、アリシティアは中流の伯爵家の娘なもので。階級社会とは世知辛いものである。

そんなことを考えていたから、滲み出す不敬さを感じ取ったのか。アリシティアを見て、エヴァンジェリンは怪訝そうに目を眇めた。

もしくは、アリシティアが怖がって震えていないことが不満だったのか。恐らく後者だろう。

「あなたのために用意した食事は、どうだったかしら」

エヴァンジェリンの問いに、一瞬の沈黙の後、アリシティアの中の少ない忍耐力は、見事に霧散した。

「――最悪でした。あまりに悪趣味すぎて、あの場を用意した方の正気を疑いましたもの」

味は知らないけれど。と、頭の中で付け加えた。

「もったいない」という言葉を持つ国で過ごした前世持ちのアリシティアは、食事は残さず食べるがモットーである。が、例外はもちろんある。

「えっ？」

アリシティアの態度に、エヴァンジェリンはあっけにとられたように目を見開いた。彼女の背後に控えていた使用人たちも、驚いた表情を浮かべている。

彼らにとっては、王女に無礼な口をきくなどありえないことなのだろう。

「それで、王女ともあろう方が、野盗のような手段で、無理矢理私を拉致監禁し、見せ物にした理由を伺ってもよろしいかしら？」

驚くエヴァンジェリンをよそに、アリシティアは不敬すぎる程に不敬な嫌みを、一気に吐き捨てた。

「な、なんなの？　なぜ私にそんな態度をとるの？」

「そんな態度？　私の態度に何か問題でも？」

「だって、失礼よ」

怒りに震え出すエヴァンジェリンに対し、アリシティアは不思議そうに首を傾げる。

エヴァンジェリンは、アリシティアがただ震えていることしかできない、大人しい令嬢だと思っていたのだろう。予想と違う今の態度、さぞ不快に違いない。

確かに、普段王宮にいる時のアリシティアは、何匹もの猫をかぶっている。

けれど、現実問題として、常に死と背中合わせな王家の影は、折り目正しい王宮近衛のようにはいられない。

開き直るふてぶてしさも時には必要なのだ。

「失礼だと言われましても、事実ですから。いきなりこんな場所に有無を言わさず連れてこられ、監禁され、さらには、悪趣味に飾られて食事姿を見せ物にされたのですもの。そんなことをする人に、なぜ私が、敬意を示さなければならないのでしょうか？」

お前の方が余程失礼だと言う言葉は、頑張って飲み込んだ。

流石にこの状態で彼女を怒らせるのは得策ではないことくらいは、わかっている。

わかってはいるのだけれど、じわじわと沸き上がった怒りのせいで、やたらと口が滑らかになって、言いたい放題になってしまっているのは、仕方がない。

にしても、彼女はここまでしておきながら、それでもなお、アリシティアが彼女に対して従順に謙るとでも思っていたのか。いや、思っているのだろう。

彼女は鳥籠の中のお姫様で、そこでは純然たる事実として、この世界は王族の足元に存在するのだ。きっと疑いを抱いたことすらないに違いない。

「なんなのあなた、いつもはお兄様の背中に隠れて、大人しくしているくせに。自分が何を言っているか、わかっているの？」

エヴァンジェリンはアリシティアを睨みつける。その瞳には怒りのあまり涙の膜が張っていて、それがなぜか庇護欲を抱く程に、可憐に見えるから不思議だ。

「もちろん、わかっております。それより私の発言はともかくとして、殿下が私にしたことについては、なんの問題にもならないとお思いですか？」

「そ、それは……」

エヴァンジェリンが戸惑ったように、言い淀んだ。

一応、してはいけないことだという自覚はあるようだ。けれど、罪悪感を持っているかといえば、なさそうである。

「そもそも、インサーナ子爵令嬢に、謝罪の名目で私を呼び出すように命じたのも、殿下でいらっしゃいますよね？」

そうして、のこのことインサーナ子爵邸にやってきたアリシティアを、レオナルドを使い拉致した。

アリシティアにはレオナルドの言うことを聞く以外の選択肢はなかった。

しかも、インサーナ子爵令嬢の邸に行ったアリシティアが姿を消せば、責任を問われるのはインサーナ子爵家だ。

それでも子爵家に圧力をかけ、適当な話を作り、辻褄を合わせるつもりなのだろう。

例えば、帰りの馬車がたまたま賊に襲われ、アリシティアが連れ去られた……とか、そんな感じに。

エヴァンジェリンにとって、権力とはなんでもありなのだ。

「わ、私は彼女に、あの夜のことを直接あなたに謝罪するべきだと言っただけよ」

「けれどそれは、彼女を利用し、私を誘き出して拉致監禁するためでしょう。直接私を呼び出せばいいのに、なぜ子爵家を巻き込むような真似をなさったのです」

「だ、だって！　直接私があなたを呼び出して、あなたが邸に帰らなければ、また私がお兄様に叱られてしまうもの。でも、インサーナ子爵邸に行った帰りに、あなたが姿を消したとしても、それは私のせいにはならないでしょう？」

「は？」

アリシティアは思わず絶句した。

エヴァンジェリンにとっては、アルフレードに叱られることだけが問題なのだ。

自分が叱られさえしなければ、何をしてもかまわないと思っている小さな子供と同じ……

彼女は、思っていた以上に危うい存在だと思い知る。

「――信じられない。ここまで酷い人だなんて」

無意識のうちに、そんな言葉が口をついて出た。もはや自分の置かれた状況すら忘れてしまっていた。

そんなアリシティアの声を聞いたエヴァンジェリンの顔が、怒りに歪んだ。

同時に彼女が手に持っていた扇子が、顔目掛けて飛んでくる。けれど、アリシティアはつい咄嗟に、その扇子を叩き落としてしまった。

何せ、王家の影なのだ。危機回避は体に染みついた行動である。

だが、避けられることなど想定していなかったのだろう。エヴァンジェリンは驚き、涙を溜めた目で、憎々しげにアリシティアを睨みつけた。

「レオ！　彼女を私に跪《ひざまず》かせて！」

エヴァンジェリンの叫びに、レオナルドは深くため息を吐いた。そしてアリシティアに近寄ってきて、彼女の両手を掴み、床に体を押し付けるように跪《ひざまず》かせた。

「こんなことで怪我をさせたくはない。暴れないでくれ」

アリシティアの耳元で囁いた後、レオナルドは一歩離れて剣を抜き、隣に立つ。

アリシティアは、鈍く光る刀身に息を呑む。切っ先を向けられている訳ではない。それでも、心臓がどくりと跳ねた。

多分殺されはしない。それでも袖口に隠した短剣を抜きたくなる。本能が逃げろと言う。

アリシティアは体の震えを止めるように、深く息を吐き出した。

エヴァンジェリンはアリシティアが恐れ戦いていると思ったのか、満足げに見下ろしてくる。

「――それで、殿下は私を殺すために、ここに連れてきたのですか？」

「まさか、そんな酷いことする訳がないでしょう？」

アリシティアが問うと、エヴァンジェリンの心底驚いたような声が返ってきた。

彼女の中でも、一応殺人は悪だという線引きがされているようで、ほんの少しだけ安心する。けれど……

アリシティアはすっと息を吸い込み、静謐な視線を目の前の王女に向ける。

「けれどエヴァンジェリン殿下。殿下は今まで私以外にも、過去に複数の令嬢を誘拐して、愛玩奴隷として闇オークションにかけてきたではありませんか」

エヴァンジェリンは目を見開き、無意識に一歩後退った。

今までの件を知られているとは、思いもしなかったのだろう。

剣を持ち隣に立つレオナルドもまた、驚いたように息を呑んだ。

「それが貴族令嬢にとって、いえ、誰にとっても、人としての尊厳を踏み躙《にじ》られる、殺されるよりも遥かに残酷なことであるとご存じですか？　殿下。殿下は一体なぜ、なんのために、そんなことをしたのですか？」

エヴァンジェリンは驚愕し、目を見開く。

「――なぜ、あなたがそれを知っているの!?」

王女の答えが、アリシティアの心を黒く塗りつぶしていく。

かつて、アリシティアが全てを消し去ることを望み、そして、その望み通りに闇に葬られた事件を思い出す。

被害者たちの悲鳴は、誰にも届かなかった。

（――ああ、また……）

彼女にとってはきっと、邪魔な虫を視界から追い払ったくらいの感覚なのだろう。

わかってはいたのに、体が震える。

「だっ、だって！　彼女たちは私のルイスに、強引な手を使って近づいて、彼を誘惑しようとしたのよ！　だから男に媚びるのが好きなら、ずっと主人に媚び続けられる愛玩奴隷に落としてあげたの！」

まるで自分は被害者であると言わんばかりに、エヴァンジェリンは顔を歪めた。

「……誘惑？」

「そうよ、ルイスが嫌がっているのに、ルイスにまとわりついて、汚らわしい手で彼に触れようとした。あなただって同罪よ。ルイスの婚約者の座にしがみついて、ルイスを苦しめた。それだけじゃないわ。あなたは先日の夜会で、薬を使ってルイスを操ったでしょう？」

エヴァンジェリンの叫びに、アリシティアは言葉を失う。

（まさか、彼に色目を使っただけで？　そんなことで、三人もの令嬢を誘拐し、愛玩奴隷として闇オークションにかけたというの？）

苛立たしげに荒々しい呼吸をするエヴァンジェリンから、視線を外せなかった。

きっと彼女は、自分がしたことの重大さを何一つ理解してはいない。

奴隷売買が関わっている以上、もはや、恋に狂ったお姫様が、突発的にルイスに近づく女性を排除しようとしたなどという、単純な事件ではないのに。

言葉が出てこない。まるで繰り返す悪夢の中を彷徨《さまよ》っているようだ。

アリシティアは呼吸を整え、息苦しさを振り払うように、首を横に振った。

「――何か、誤解があるようですが、私はルイス様に薬を使ったことなど、一度もありません」

下剤はルイスが飲まなかったので、なかったことにする。

確かにあの夜、ルイスは溺愛婚約者の演技をしていた。だからと言って、一体どこから、人を薬で操るなどという突拍子もない発想が湧いて出たのか。

「嘘よ。だってあの夜会で、ルイスは明らかにおかしかったもの。あなたが心を操る薬をルイスに飲ませたのでしょう！」

「一介の伯爵家の娘が、心を操る薬など、手に入れられるはずもありません」

確かに、心を操る薬の存在は知っている。魔女が月香花でそういった薬を作るということも、ルイスから聞いた。けれど、そんな薬を手に入れられる人間は、限られている。

「なら、あなたがお兄様に頼んで、無理矢理ルイスにあんな演技をさせたんだわ!」

さっきから何度『ルイス』という名を繰り返せば気が済むのか。

彼女はどうやっても、現実を受け入れられず、自分を納得させられる理由を探しているのかもしれない。だからこそ、こんなにも荒唐無稽《こうとうむけい》なことを考える。

彼女にとってのルイスという存在は、麻薬のようなものなのか。

「彼の行動は、全て彼の意思にもとづくものです」

「嘘つき!」

叫んだ彼女は、右手を上げ、そして勢いよく振り下ろした。

パンッと乾いた音と共に、アリシティアの頬が熱を持つ。それが痛みに変わり、ジンジンと痺れ始めた。

「えっ……?」

小さな声が漏れる。

飛んでくる手は見えていたのに、なぜ避けなかったのか、アリシティアは自分でも理解できなかった。王女が人を殴ることが想定外すぎて、なんとなくされるがままになってしまった気がする。

アリシティアは、呆然と頬に手を当てた。

殴られたことよりも、怒りの捌《は》け口《ぐち》として、咄嗟に人を殴った彼女の行動に驚く。それは、人を殴り慣れている人間のすることだ。

彼女は普段から暴力的だったのだろうか。だとすれば、彼女への印象がかなり変わってしまう。

「可哀想なルイス。あなたのせいで、あれから彼は私に会いに来ることさえできなくなったのよ！」

呆然とするアリシティアを、エヴァンジェリンが泣きそうな顔で睨みつけ、そして再び右手を振り上げた。だが、その手首を、レオナルドが強く掴んだ。

「やめろ」

怒りを含む低い声に、エヴァンジェリンの肩がびくりと震える。

「レオ？　彼女を庇うつもりなの？」

掴まれた腕を振り払い、エヴァンジェリンがレオナルドに向かって悲鳴のように叫ぶ。レオナルドは、小さく首を横に振った。

「庇ってる訳じゃない。……だが、彼女に怪我はさせるな」

「ああ。そう……ね。そうだったわ」

まるで何かを思い出したかのように、エヴァンジェリンはふっと息を吐き、背後に控える使用人に命じる。

「ねえ、誰かお客様を連れてきて頂戴。お待たせしてしまっては申し訳ないわ」

使用人の一人が出ていった後、エヴァンジェリンは床に跪《ひざまず》いたまま呆然としているアリシティアを見下ろし、口角を引き上げた。物語のヒロインらしくない歪な嗤いだ。

それは圧倒的権力を持つ強者が、弱者を蔑《さげす》むようなものだった。

「なあに？　ようやく自分の立場を理解したの？　言っておくけれど、ここにはアルフレードお兄様はいないのよ。勘違いしないでね。たかが伯爵家のあなたなんて、どうとでもできるんですもの。王族への不敬が許されると思わないで」

アリシティアは視線を下げた。

「……理解していないのは殿下、あなたです。許されないのも」

「どういう意味？」

アリシティアは跪《ひざまず》いたまま、ゆっくりとした動作でエヴァンジェリンを見上げた。

「そのままの意味です。勘違いしないほうがいいわ。権力の座を追われるのは一瞬ですもの」

それは過去の歴史が証明している。この国で王の交代が行われたのは一度や二度ではない。

アリシティアが敬愛する主君は、国を揺るがすようなエヴァンジェリンの罪を決して許さないだろう。

アリシティアの心の奥底の古い傷が、ずくりと痛んだ。

目の前の王女は、ルイスが最も憎悪する犯罪に手を染めた。全てを消し去らなければならない程の罪を。

大切に愛してきた王女の真実の顔を知ったルイスは、どれ程傷つくだろうか。

アリシティアが叩きつけた言葉を聞き、エヴァンジェリンの表情が怒りに染まる。室内が重い空気に包まれた時、ノック音が響いた。

「入って！」

エヴァンジェリンが荒々しく答えると、先程部屋から出ていった使用人の後に続いて、中年の男が入室してくる。貴族らしい服装をしてはいるが、どこか下卑た表情をした、中肉中背の男だ。ブルーグレイの髪の分け目がやたら左端に寄っているのは、頭頂部の髪の事情からだろうか。

男がエヴァンジェリンの前に進み出た。

その姿を目にしたエヴァンジェリンは、勝ち誇ったような笑みを浮かべ、男に話しかける。

「あら伯爵、あなたが落札したのね」

「ええ。この度は素晴らしい催しに我々をご招待いただき、王女殿下には感謝しております。おかげで最高の品を手に入れることができました」

男は一礼したのち、興奮したようにアリシティアへねっとりと絡みつくような視線を向ける。

「ねえ、アリシティア様。あなたに紹介するわ。この方が、この先あなたの面倒を見てくださる方よ。正式にではないけれど、あなたを奥様として迎えてくださるの」

やはり……と、アリシティアは心の中で深いため息を吐いた。

先程、晩餐が行われた部屋の隣では、エヴァンジェリンの集めた『客』たちにより、アリシティアの競売が行われていたのだろう。そして、その『客』たちの中で、一番の高値をつけたのが、この男なのだ。

（――ああ、本当に悪趣味だわ）

「こんばんは、アリヴェイル伯爵令嬢。今夜はなんという素晴らしい夜だ。ようやくあなたとこうやって直接お会いすることができた」

跪《ひざまず》いたままのアリシティアを前に、男は恍惚とした表情で、大仰に恭《うやうや》しい礼をとった。

太い指でアリシティアの顎を持ち上げ、その瞳を覗き込む。

「ああ、本当に夜明け色の女神の瞳だ。あの夜はあなたの瞳が隠されていて、半信半疑だったが。こうして近くで見ると、本当に美しい」

この男の声には覚えがある。あの夜、あの闇オークション会場で、アリシティアを落札するために、最後までルイスと競り合った男の声だ。

「……チェーヴァ伯爵」

「おや、私をご存じでしたか、なんと光栄な」

伯爵は耳障りな話し方で、大げさに驚いてみせた。

「あなたはあのオークション会場で、第三騎士団に捕らえられたはずでは……」

アリシティアは目の前の伯爵を、呆然と見つめた。

「何をおっしゃいますやら。あれは騎士たちのちょっとした勘違いで、我々は皆、すぐに無罪で釈放されましたよ」

「無罪？」

「ええ。そもそも私は、あのオークションに違法なものが出品されているなど知らなかったのですから。私だって被害者なのです」

伯爵は肉のついた頬でにこやかに微笑んだ。心底嬉しそうに。

「白々しい。あの時あなたは、愛玩奴隷として、私を落札しようとしていたでしょう？」

アリシティアは伯爵を睨みつけた。

「私はあくまでも、伝説の人形師、リーベンデイルの人形『宵闇の少女』を落札しようとしただけです。あのオークションでただの一度でも、オークショニアがあなたの言うような、『愛玩奴隷』や、『貴族令嬢』などという言葉を使いましたかな？」

「使う訳がないわ」

芝居がかったわざとらしい説明を、アリシティアは一蹴する。

闇オークションでは、直接的な表現を避けるのは当たり前だ。だからこそ愛玩奴隷の売買の隠語として、『リーベンデイルの人形』に『愛と美の女神が命を吹き込んだ』という言葉が使われているのだから。

そこまで考えて、ようやくエヴァンジェリンの『客』の正体に気がついた。

「……もしかして、あの晩餐とやらを隣室から見ていた『客』たちは、あの闇オークションで『リーベンデイルの人形』を、落札しようとしていた人たちなの？」

「おや、その通りですよ。よくお分かりで。殿下が個人的に特別な競売を開催してくださり、あの夜入札した我々を、ご招待くださったのですよ」

つまりこの城にいるのは、あの闇オークションで捕えられたものの、人身売買や奴隷取引の重罪に問うことはできず、無罪で釈放された者たちだ。

多分他の軽罪でなら、彼らを捕らえることもできたはずだ。だが、誰かが手を回し、あえて無罪で釈放させた。

その後、釈放された者たちの情報は王女の手に渡り、今夜この古城に王女の『客』として招かれた。そして彼らは再び、誘拐された貴族令嬢を愛玩奴隷として売買する、違法競売に参加した。

もしも捕らえられれば、今度こそ決して言い逃れなどできはしない重罪となる。

アリシティアの口角がわずかに上がった。

一連の流れに、権力者の思惑が見え隠れするのは、気のせいではないはずだ。

きっとその権力者は、いつものように机の前から動くことなく、様々な人の思惑を利用し、その流れを作り上げた。

(そうよね、王弟殿下がすることには、常にいくつもの意味があるもの)

全ての始まりは、アリシティアの社交界デビューだったのだ。

思わず笑いが漏れそうになる。アリシティアはなんとか取り繕って、エヴァンジェリンを見上げた。

「エヴァンジェリン殿下。私にはルイス・エル・ラ＝ローヴェルという婚約者がおります。正式であろうとなかろうと、この方とは婚約も婚姻もできません」

いい加減、跪《ひざまず》くのにも疲れてきたなと考えながら、アリシティアは大げさに肩を落としてみせる。

「だから、あなたにはルイスとの婚約を解消してもらう予定なの」

エヴァンジェリンは楽しそうに、クスクスと笑いだした。先程までの彼女を見ていなければ、可憐なお姫様に見えることだろう。

「私とルイス様の婚約は、国王陛下がお決めになった、宗教的な政略によるものです。私の一存では解消はできません」

「ええ、知っているわ。でもね、お父様の許可なんてなくても、女神の名のもとに作られた神殿の誓約書を使って誓約すれば、婚約破棄できるって教えてもらったの」

エヴァンジェリンが目配せすると、控えていた使用人たちが動き出した。エヴァンジェリンの隣に小さなテーブルを設置し、その上に、インクとペンを並べる。

一人の使用人が、美しい装飾が施された箱の蓋を開け、差し出す。エヴァンジェリンは差し出された箱の中から、不思議な質感の紙を取り出した。

「神殿の誓約書？」

「ええ。一度この誓約書を使って誓約すると、決して違《たが》えることはできなくなるの。もしも違《たが》えると、女神の名を穢《けが》すことになり、命を落とすのですって。大昔、王族の婚姻に使われていたものよ。

それを、神官様にどうしてもってお願いして、内緒で手に入れていただいたのよ。この誓約書を使えば、あなたとルイスとの婚約はその場で解消されるの。これはお父様やお兄様でも、絶対に覆せないんですって。もちろんあなた自身にも」

アリシティアは、驚きに息を呑んだ。

かつて、幼いアリシティアはルイスと婚約するために、同じようにアルフレードの誓約を利用したことがある。王族が自らの名にかけて誓約するもので、もし誓約を破れば、王族としての名を失うものだった。まあ、実際には誓約などしてはいなかったのだが。

今の話が真実であるなら、神殿が厳重に管理している物を、エヴァンジェリンは権力を使い無理やり手に入れたということだ。

そこまでして、彼女はアリシティアとルイスの婚約を解消させる気でいる。だが……

「そこまでしなくても、私を誘拐し、秘密裏に売り飛ばすだけでは、だめだったんですか？」

それは単純な疑問だった。

「だってあなたが消えても、生死不明なままでは、ルイスとの婚約がいつ解消されるのかわからないじゃない。それではルイスの婚約が解消される前に、きっとお兄様に私の婚約が決められてしまうわ。でも、あなたがこの場で婚約を解消した上で姿を消してくれれば、自由になったルイスはすぐにでも私と婚約できるでしょう？　だからお願い、ルイスとの婚約を解消すると誓約してほしいの」

ね？　……と、王女は胸の前で両手を組み、可憐に小首を傾げた。

「私がお断りしたらどうするのですか？　ここで私を殺すつもりはないのでしょう？」

「その時はね、ここにお招きしているお客様たちが、あなたを説得してくださるのですって。ここでのことは誰も口外しないし、あなたに何があっても、伯爵様は喜んであなたを迎えてくださるから安心して。大丈夫、なんの問題もないわ」

エヴァンジェリンは、花が綻ぶように美しく微笑んだ。その笑みは物語の中の天真爛漫《てんしんらんまん》で無垢なお姫様そのものだ。

どう考えても、その手の人間の説得とやらは、常識的なものではないだろう。彼女が考えたのか、別人が入れ知恵したのかは知らないが、何にせよおぞましすぎる。怒りを通り越し、いっそ笑いたくなってくる程だ。

大丈夫ではないし。安心もできないし、問題しかない。でもそれよりも何よりも……

（——お姫様の性格が悪すぎる！）

「ルイスのためなの。だから、お願い。ルイスを解放してあげて」

「ルイス様の……ため？」

「ええ。そうよ。あなただって、ルイスに幸せになってもらいたいでしょう？」

アリシティアは何年もの間、ルイスの未来を変えることができたら、婚約は解消しようと思っていた。けれど……

「――絶対！　死んでも！　お断りです！」

断言し、アリシティアは流れるような所作で立ち上がった。そして、そのままの動きで、勢いよく足を振り上げ、目の前の男の股間に、ガッとヒールをめり込ませた。

「んがぁっ」

中年の男の絶叫が響く。

(ああもう、本当に、ルイス、ルイス、ルイスと鬱陶《うっとう》しい。お姫様は何回その名前を口にすれば気が済むの？)

物語では純粋無垢な無自覚三股ヒロインだったはずなのに、とことん一途な超絶ヤンデレヒロインになっているとは何事だ。キャラ変にも程がある。

もしこれが、三人目のヒーローが現れなかったせいなのだとすれば、今すぐ彼をぶん殴りたい。

「失礼、伯爵様。私に許可もなく触れないでくださいませ」

ウシガエルのように、ブモブモ呻きながら床にうずくまる伯爵を、アリシティアは冷然と見下ろした。

汚らしい！　という言葉はなんとか飲み込んだ。

いくら腹が立っても、自らの品位を落とすような下品な言葉を使えば、相手と同じ場所に落ちるようで、なんとなく嫌なのだ。流石に思考はどうしようもないが。

「あ、あなた、自分の置かれている状況がわかっているの？」

「もちろん」

アリシティアはちらりとレオナルドに視線を向けた後、「んーっ」と両手を上げて全身を伸ばした。

跪《ひざまず》いたままの姿勢で悪趣味な三文芝居を見せられ、自分の置かれた状況がどんどん馬鹿馬鹿しくなっていったのだ。元々忍耐力はないので。

「ねぇ、お姫様。弱者だからといって、戦う力がないとは限らないんですよ」

エヴァンジェリンは呆然として、口がわずかに開いたままになっている。

アリシティアはそんな彼女に向けて、スッと右手を伸ばす。同時に、左手はレオナルドの方に。

それぞれの手には、彼女が袖口に隠していた短剣が握られている。

レオナルドと短剣の間には距離があるが、エヴァンジェリンに向けられた短剣は、切っ先が喉元に届く距離だ。

エヴァンジェリンはそれを認識した瞬間、悲鳴を上げた。無意識に後退ろうとして、毛足の長い絨毯《じゅうたん》にヒールを取られ、どさりと座り込む。

「皆様、どうか動かないでくださいませ」

アリシティアは視線だけで、周囲にいる使用人たちを見据えた。

「それから、公子様。私、剣を向けられるのって、大嫌いなんですよね。だから、剣を置いてくださいませんか？」

「……わかった」

レオナルドは息を吐き、アリシティアに言われるがまま、腰を落として剣を床に置いた。

「レオ!?　何をしているの？」

エヴァンジェリンがレオナルドの名を叫び、周囲の使用人からは、戸惑ったようにざわめきが起こる。

そんな中、レオナルドの視線は、アリシティアに向けられたままだった。

「アリヴェイル伯爵令嬢。できれば、短剣を下ろしてもらいたいのだが」

「あら、公子様だって、今の今まで剣で私を脅していたのですから、お互い様ではありませんか」

「俺は剣を抜いただけだし、君のように剣先を人に向けてはいない」

「こんな小さな短剣と違い、公子様の長剣は一振りで首を落とせるものでしょう。か弱い令嬢には、それだって十分に怖いんです」

アリシティアはレオナルドを睨んだ。

「か弱い令嬢には思えないんだが。君は影の騎士団の一人だろう？」

「あら？　いつからお気づきだったの？」

「君を縛った縄が、刃物で切られていたのを見た時」

一連のレオナルドの行動は、アリシティアが何をしても興味がないから放置しているだけかと思っていたが、どうやらそういう訳ではなかったらしい。

「レオナルド、さっきから何を言っているの！　早く彼女をなんとかしてよ！」

座り込んだエヴァンジェリンが声を荒らげる。その隣で、ようやく股間の痛みが落ち着いてきたのか、伯爵がうずくまったままアリシティアを睨み上げた。

「そんな短剣で、この人数から逃げるつもりか？　外には騎士もいるんだぞ」

痛みに顔を引き攣らせながら言う伯爵に、アリシティアは白い目を向け、左手の短剣を彼の目の前に投げつける。

「ひあっ！」

短い悲鳴と共に、短剣が分厚い絨毯《じゅうたん》に刺さった。

「逃げるつもりなどありません。だって、あなたがたはここで捕らえられるんですもの」

そうですよね？　と、アリシティアが戸口に顔を向ける。

そこには、悠然と微笑む黄金の髪の王太子が立っていた。

「全員を捕らえろ。少しでも逆らえば手足を切り落とせ。逆らわなくても、逆らったことにしてかまわない！」

かなりご立腹らしい王太子の声と共に、アリシティアのよく知る王家の影たちが颯爽と現れた。

よく見ると扉の近くにいた二人の騎士は拘束され、床に転がっている。

使用人たちはここにいるはずもない王太子の存在に驚き、抵抗する間もなく次々と捕縛されていく。

アリシティアは左手に短剣を持ったまま、ただ息を詰めて成り行きを見守っていた。

すると、後ろからふわりと抱きしめられた。

「……もう、大丈夫だよ。アリス」

安心できる温もりがアリシティアを優しく包み込み、よく知る少し節くれだった手が、アリシティアの手からそっと短剣を抜き取った。

「よく頑張ったね」

「……エル？」

アリシティアの全身から、一気に力が抜けていく。今更足の震えを自覚した。思った以上に、緊張していたらしい。

ルイスはゆっくりとアリシティアを振り向かせ、その体を抱き上げた。床から足が浮き上がる。

もしも、ルイスに抱き上げられるのがあとほんの少しでも遅かったら、アリシティアの足からは完全に力が抜け、無様にも床に崩れ落ちていたに違いない。

ルイスはアリシティアの顔を覗き込み、安心させるように瞼にキスを落とした。

「怪我はしてない？　痛いところは？　何かされた？　誰かにどこか触られた？　そこに転がってるガマガエルは、とりあえず殺しとく？」

質問につぐ質問で、答えを返す暇がない。そしてガマガエルとは、伯爵のことだろうか。

アリシティアはウシガエルだと思っていたのだが……何にしろ、カエルには、失礼であるかもしれない。

ルイスはアリシティアを小さな子供のように片手で軽々と抱き上げたまま、髪に指を差し込み、額に、瞼に、頬に、鼻にと、顔中にしつこいくらいのキスの雨を降らせていく。

安心したはずなのに、どうしてか、アリシティアの胸は切なく締め付けられた。

「――ルイス？　何をしているの？」

エヴァンジェリンは未だ状況が飲み込めていないのか、困惑している。

だが、ルイスは彼女の声など全く届いていないかのように、視線さえ向けることはなかった。

呆然としたままのエヴァンジェリンに、影がかかる。彼女の前に立ったアルフレードは、冷然と彼女を見下ろした。

「エヴァンジェリン。君を捕らえる」

「お兄様？　……何をおっしゃっているの？」

困惑するエヴァンジェリンに、レオナルドが手を差し出し、彼女を立ち上がらせる。

彼女は本当に、自分が捕らえられる意味がわかっていないようだった。アルフレードはふっとため息を吐く。

「脅迫、拉致監禁、違法競売、人身売買、……この場合は奴隷売買というべきか。ああ、教唆《きょうさ》もあったな。他にも数えたらきりがない。君の連れてきた騎士たちも、君が呼び寄せた『客』たちも、全員捕らえたよ。今度こそ言い逃れはできない」

「待って、お兄様。私は確かに、みんなに『お願い』はしたけれど、直接は何もしていないわ。それなのに、捕らえるってどういうこと？　ねぇルイス、お願い、何か言って」

立ち上がったエヴァンジェリンが、泣きそうな声でルイスを呼び、手を伸ばす。けれど彼女の体はレオナルドによって押さえつけられ、その手がルイスに届くことはなかった。

「放してよレオ！　ねぇ、ルイス！　こっちを見て！」

エヴァンジェリンの悲痛な声が響く。ルイスは何も答えず、彼女を見ることすらない。エヴァンジェリンの美しい瞳から、水晶のような涙がぽろぽろと零れ落ちた。

「……ルイス様」

アリシティアは戸惑いながら、今も額に唇を寄せるルイスの名を呼ぶ。頬にそっと手を当て、彼の整った相貌を覗き込んだ。

目が合ったルイスは、いつものような甘い微笑を浮かべる。けれどその微笑は、複雑な感情を押し隠しているように見えた。

「大丈夫ですか？」

九年経った今も、彼を苦しめ傷つけ続ける、彼が最も憎むべき罪をエヴァンジェリンは犯した。

それはルイスにとっては、きっと裏切りのようなものだろう。

ふいにあの嵐の日の、泣き叫ぶルイスの姿が浮かぶ。

ルイスの絶望や苦痛を思い、アリシティアの胸がずくりと痛んだ。

アリシティアはルイスに悲しげな目を向ける。アリシティアのその表情に、ルイスは諦めたように深く息を吐きだした。

「――エヴァンジェリン。君は本当に、自分が何をしたか、わかってはいないんだね」

アリシティアを抱き上げたまま、ルイスはその額にもう一度キスをして、エヴァンジェリンへと向き直る。人を魅了する美しい相貌には、もうなんの感情も浮かんではいない。

「今回のことだけじゃない。君はこれまで、何人もの人を傷つけてきた。気に入らないというだけで、排除し、気まぐれに他人の人生を壊してきた」

ルイスの声からはいつもの甘さが消え、エヴァンジェリンに向けるその視線は、凍える程に冷たかった。

「待って、一体なんの話をしてるの？」

「君は昔から、僕と親しくなった子を排除してきただろう。最初は小さな嫌がらせだった。けれど、それはだんだんとエスカレートしていった。怪我をさせ、精神的に追い詰め、心を壊し、人生を狂わせた」

「私は酷いことはしてないわ」

エヴァンジェリンは咄嗟に反論したが、無表情のままのルイスは続ける。

「あの時もそう言っていた。はじめは本当になんでもないような、ちょっとした嫌がらせだったんだろう。けれど、王女の悪意や行動は、周囲の者にも波及するんだ。でも、そのことを僕やレオナルドが咎めたら、君は僕たちに隠れて、周囲の人たちに『相談』や『お願い』をするようになった」

「待って、私は命令した訳じゃないわ。全部、私の心配事をなくすために、周りの人たちが、気を遣って行動してくれただけよ。ねぇ、突然どうしたの？　その人に何をされたの？　ずっとあなたは、私を一番に優先してくれていたじゃない！」

「僕が望んだことじゃない！」

アリシティアは怒りを含む声に驚き、目の前のルイスを見る。

「え？」

エヴァンジェリンは呆気にとられたように、ただルイスを見つめた。

「僕が君のそばにいたのは、これ以上僕の周囲の人を、君に傷つけさせないためだ。僕と仲良くなった子たちは、皆、君に傷つけられ、人生を壊された。だから僕は、本当に大切な人と距離を置いて、まるで興味すらないかのような演技をしてきたんだ。君から守るために！」

ルイスの悲痛な声が響いた。

「なぜ突然そんなことを言うの？　だって、あなたはずっと、私を愛してくれていたのに」

「――僕は君を愛したことなど、一度もない」

「……そんなの、嘘よ。ねぇ、彼女に何をされたの？」

エヴァンジェリンの声は、戸惑いながらも、本気でルイスを心配しているものだ。零れ落ちる涙は、演技などではない。

「何もされていない。もう一度言うが、僕は今まで一度も君を愛したことなどないし、これからも決して愛することはない。君こそ、どうしてそんな勝手な思い込みをしているんだ。僕は確かに君とは、友人として接してきた。けれど、君を友人以上として扱ったことなど、ただの一度もないというのに」

ルイスの言葉は酷く淡々としていて、声には温度がなかった。

「お、思い込みなんかじゃないわ。だって、あなたはいつも私以外には目もくれなかったじゃない。いつだって私を優先してくれた。それに、私はあなたにずっと私を好きでいてほしくて、魔女の魅了薬を欠かさず飲んでもらっていたもの！」

悲鳴のようにエヴァンジェリンが叫ぶ。瞬間、アリシティアの体がぴくりと震えた。

ルイスは咄嗟に吐き出しそうになった暴言を、喉の奥でかろうじて留める。声を荒らげ睨みつける代わりに、腕の中で体を硬くしているアリシティアの髪を、宥めるように優しく撫でた。

そして、自らを落ち着かせるために、肺から全ての空気を吐き出す。

「――ああ。君がこっそりハーブティーに混ぜて、僕に飲ませていた薬？　月香花を使った精神を操る薬だということまでは、突き止めていたんだけど……。そうか。あれは、魅了薬だったんだ」

ルイスはただ事実を確認するように、静かに会話を続けた。

「あっ……」

「でもね、僕の心の中には、君への恋情なんて一欠片もないよ」

「嘘……」

エヴァンジェリンはただ愕然と、ルイスを見つめた。

そういえば、夜会の日に月香花を持ってきたルイスは、ふわふわと花に酔った状態で言っていた。

『確認して、確信した』と。

エヴァンジェリンから月香花を使った精神を操る薬を飲まされているということに、ルイスは気づいていたのだ。ただ月香花が一年に一度、それも数時間しか咲かないので、確認ができなかっただけで……

「確か魅了薬は、完全に自我を壊す薬とは違い、自我を残したまま、元々ある恋情を増幅させるものだよね。だったら君が何度あの薬を飲ませても、僕には効くはずがないんだ。――だって僕は、九歳の時からずっと、アリスだけを愛しているから」

アリシティアに初めて出会った時から、一目惚れなどという言葉では表現できないくらい、ルイスは彼女に魅入られていた。彼女以外は、何も要らないと思える程に。どうしてそこまで彼女に惹かれるのか、自分でもわからなかった。

綺麗で、可愛くて、愛しくて。

ほしくて、ほしくて、ほしくて……

他の人に取られるくらいなら、いっそ壊してしまう方がいいとさえ思う程に、彼女がほしかった。

それは、初恋と言うにはあまりにも欲深く、利己的で、初めて知った汚泥のようなどろりとした感情。

決してアリシティアに知られてはいけない、ルイスの狂気。

「――僕は、アリス以外は愛せないし、アリスのいない世界なんて要らない。だから、君が何をしようとも……」

アリス以外を愛する未来なんて、僕には存在しないんだ……とルイスは微笑んだ。それは今にも光に溶けて消えてしまいそうな、儚くて、切ない笑みだった。

どこかで、十歳のアリシティアが泣きじゃくる声が聞こえた気がした。

大嫌いだって言った。二度と顔を見たくないって。八年間、一度も私を見てくれなかった。ずっと続くはずだった私との未来の約束を、あなたは破ったじゃない！　だから私は……

――二十歳での死を受け入れたのに。

アリシティアの中で、十歳のアリシティアが叫んだ。

エヴァンジェリンは言葉を失い、ただルイスを見つめていた。そしてルイスがそんな彼女に二度と視線を向けることはなかった。

アルフレードは周囲を見渡す。部屋にいた使用人も、部屋の外にいたエヴァンジェリンの護衛たちも、皆縛られている。他の部屋で捕らえた人間も、この部屋に連れてこられ、ひとまとめに部屋の片隅に転がされていた。

「王太子さま」

アルフレードの背後から、黒髪の少年が話しかけた。まだ十五歳だが、ルイスについている王家の影だ。

「ノル？」

「ごめんなさい。言われた通り、ルイスさまが邪魔しないように閉じ込めてたんだけど、逃げられちゃいました」

黒髪の少年が悪びれることなく、てへっと笑う。その姿に、アルフレードは目を眇《すが》めた。

「……そのようだね。見ればわかるよ。そして報告が遅い」

アルフレードがルイスに視線を向ける。

「それで、ルイス。君はどうやってこの場所を知ったんだ？」

「蝶を追いかけて」

ルイスはさも当たり前のように答えた。

アリシティアは未だ気づいてはいないが、アリシティアの飛ばした蝶たちは、一定距離彼女から離れると、彼女の近くに集まろうとする習性がある。だから、一匹捕まえておいて、いざという時その蝶を開放すれば、蝶は簡易追跡装置になるのだ。

今回の件でアリシティアを囮《おとり》に使うことを反対したルイスは、邪魔をしないように王弟に閉じ込められていた。だが、なんとか抜け出して蝶を飛ばし、この古城の近くまで来た。そしてそこで、他にも数匹の青い蝶が飛んでいるのを見つけた。

「ああ……。叔父上に大人しくしていろと言われただろう？」

「でも僕は、嫌だって言いました」

すかさず答えるルイスの腕の中で、ただぼんやりと周囲のやり取りを見ていたアリシティアが、ふいに我に返ったようにルイスの胸を押し、叫んだ。

「アルフレード王太子殿下、ルイス様。最初から令嬢誘拐事件の真相を知った上で、私を囮《おとり》になさいましたね？」

アリシティアは無理やり抱き上げられた猫のように、ルイスの腕の中でもがきながら、アルフレードを睨んだ。

「君を囮《おとり》にしたのは、私ではなく叔父上だよ」

「ええ、そうでしょうね！　でも、王太子殿下もルイス様も共犯ですよね？」

「まあ、共犯と言われたら共犯かなぁ？　でもね、アリス。叔父上から君に文句を言われたらこう返事をするようにと言われている。『君がわざと誘拐されたんだろう？』って」

「わざとじゃないです！　不可抗力です！」

涙目で反論する。ルイスの胸を両手で押しやりながら、心の中で王弟への仕返しを誓った。

かつてその仕返しが成功したことは一度もないのだが。

腕の中でムギュムギュと暴れるアリシティアを落とさないよう抱き込みながら、ルイスがアルフレードに顔を向ける。

「アルフレード兄上、アリスをこれ以上こんな場所にいさせたくない。今すぐに連れて帰ります。いいですよね？」

そう言ったルイスがアルフレードの返事も聞かず、歩き出そうとした時。

レオナルドに腕を捕らえられ引き起こされていた伯爵が、顔を真っ赤にして叫んだ。

「これは一体、どういうことですか王女殿下！　我々は殿下がお招きくださったから、ここまできたのですぞ！　こんなことは聞いておりません。我々を罠にはめたのですか？」

伯爵は肩をいからせ、呆然としたままのエヴァンジェリンに向かって喚いた。その額には血管が浮き上がり、完全に怒りに我を失っている。

そんな伯爵にアルフレードは、いつものようなアルカイックスマイルを浮かべてみせた。

「ああ、そうか。一応説明しておくと、今回の件はエヴァンジェリンの策略なんかじゃない。エヴァンジェリンを含め、お前たちは叔父上の手のひらの上で転がされていたんだ」

「王弟殿下だと？　だが、王弟殿下は先の闇オークションで我々が捕らえられた時に、快く釈放してくださった」

「ああそれはね、人身売買に手を染めているお前たちを、軽い罪で許す気などなかったからだ。闇オークションの時はルイスが上の許可も得ず第三騎士団を連れて乱入して、勝手に組織ごと潰してしまったからね。お前たちを破滅させる程の証拠が集められなかった。だから、あえて一度お前たちを釈放して、改めて、全員まとめて完全に言い逃れできない状態で捕らえることにしたんだ」

「そんな……」

「お前はよりにもよって、二度も私や叔父上が何より大切にしている子を、愛玩奴隷などというものにしようとした。簡単に死なせてもらえるとは思わないことだ」

アルフレードの話を聞きながら、アリシティアは苦々しく奥歯を噛んだ。

（大切にしてるなら、なんの断りもなく囮《おとり》にしないでよ！　私の扱いが雑すぎる！）

王弟の手のひらの上で転がっていたのはアリシティアも同じだ。それはもうころころと豪快に転がされた。

今回の件で、真実を知った上で動いていたのは、きっとレオナルドくらいだろう。レオナルドは王女の幼なじみで、護衛ではあっても、それ以前にこの国の王宮近衛で、アルフレードの部下なのだ。

そして、もしかすると彼は、アリシティアと同じく、表裏二つの顔を持つ王家の影かもしれない。

「絶対に仕返ししてやる！」

怒りを滲ませた声で呟くアリシティアに、「頑張れアリアリ！」と激励するのは黒髪の少年だ。

一通り仕事を片付けて周囲に集まってきた他の影たちは、「いや、無理だろう」などと考えていたが、もちろん口には出しはしなかった。

自称悪女な脳筋暴走女とは違い、彼らはまさに、真っ当な王家の影なのであった。

「帰ろう、アリス。もう全部終わったんだ」

耳元でルイスが囁く。

何をもって全部だと言うのだろう。何も終わっていない。それどころか始まってすらいない気がした。建国祭はまだ先なのだから。

考えようとしたものの、なんだか突然、何もかもが面倒になったアリシティアは、思考を完全に放棄した。

「……帰る」

体の力を抜きルイスの首元に腕を回し、ほうっと安堵のため息を漏らして目を閉じる。

考えなければいけないことも、確認しないといけないことも、きっとたくさんある。

けれど今はもう疲れてしまって、アリシティアの脳は考えることを拒絶した。

だから、全てを後回しにすることにした。

(明日考えよう。ああ、でも明日になれば……)

弱まりつつある雨の中、ルイスに馬車に乗せられたアリシティアは、深い眠りへと落ちていった。

＊＊＊

揺れる馬車の中、愛しい婚約者から小さな寝息が聞こえてきて、ルイスはため息を吐いた。

ようやく手の中に取り戻すことができた、最愛の婚約者。

子供の頃、アルフレードに紹介された、母の持つ人形のように綺麗な、一つ年下の女の子。

なぜかはわからないが、その瞳を一目見て、ずっと探していたものを見つけたような気がした。

彼女の瞳にどうしようもなく惹き付けられた。

ルイスは彼女を手に入れるため、何度となく必死に、伯父である国王に縋《すが》った。何度願っても、聞き入れられなかったのに、ある日突然国王から呼び出され、こう言われた。

「あれは女神に愛された子だ。誰よりも何よりも大切にし、何があろうと決して彼女を傷つけないと私に約束するならば」と。

それなのにあの嵐の日、ルイスは国王との約束を破った。感情のままに、優しすぎる彼女に怒りと悲しみの矛先を向け、ただひたすらに純粋な心を引き裂いた。

その後、謝罪すらできないままに、八年もの間彼女から引き離されるなど、思いもせずに……

アリシティアは知らない。ルイスと彼女の婚約を本当に望んだのは、ルイス自身だ。だからこそ、アリシティアがルイスとの婚約の解消を望めば、それは王によって叶えられるはずだった。

けれども、もしも、アリシティアがルイスとの婚約の解消を望んでいれば、きっとルイスは彼女を道連れに、地獄に落ちることを選んだだろう。

眠るアリシティアの頬に、ルイスはそっと指先で触れた。その頬は眠る前よりも、ほんの少し冷たい。

彼女の体はしっかりとブランケットに包み込んで、膝の上で抱きしめている。とはいえ、やはり馬車では寒いのかもしれない。

あの古城まで連れていかれた時に、雨に濡れた可能性もある。

ルイスは、城を出る前にアルフレードが連れてきた医師に渡された薬を、ポケットから取り出した。もしも寒気が出たり、体温が下がるようなら、飲ませるようにと言われた物だ。

意識がぼんやりとして、強い眠気も出るが、体を温め風邪を予防する。

「アリス、少しだけ起きて薬を飲んで」

軽く揺さぶると、アリシティアはうっすら目を開けた。

「くすり?」

「そう、城を出る時に医師に渡された薬」

「ん……」

アリシティアがブランケットの中で、もぞりと動いた。

ルイスは片手で薬瓶を持ち、口で蓋を開けると、中の液体を口に含んだ。アリシティアの唇に自らの唇を重ね、薄く開いた隙間から薬を流し込む。

アリシティアの喉が何度か小さく動いた後、彼女は不快げに眉根を寄せた。

「苦い……」

それだけ呟き、アリシティアはまたすっと眠ってしまった。

「……ねぇ、これが毒薬ならどうするの？　君は僕を信用しすぎだよ？」

そう呟いて、ルイスは自嘲する。

散々『信じて』と彼女に言ったのは、彼自身であるというのに。

ルイスは彼の膝の上で眠るアリシティアを見下ろし、その白い首をそっと指で撫でる。

簡単に折れてしまいそうな細い首。手を当ててほんの少し力を加えれば、きっと呆気なく、この小さな呼吸は止まるだろう。

美しい人形のようで、夢か幻にさえ思える、とても儚い存在。触れれば溶けてしまう、淡雪のような少女。

そんなアリシティアは、ルイスを守るために、たった九歳でその綺麗な手を血で汚すことを選んだ。

ルイスの父の醜悪な犯罪に最初に気づき、その事実を王弟に知らせたのは、幼いアリシティアだったという。

そして、彼女はルイスを守るために、王家の影となる選択をした。

その話を聞いた時、ルイスはようやく、あの惨劇の日アリシティアが、医者を呼ぶことさえ許さなかった理由を知った。

彼女にはわかっていたのだ。

ルイスの両親の死の真相ごと、あの邸で起こった全てを、闇に葬らなければならないということを。あの時邸に医者を呼んでいれば、事件をあの場所にいる者の中だけで、収めることはできなかった。だからこそ、彼女は真っ先に、ルイスの叔父である王弟を呼んだ。

全ては、ただ一人だけ生きているルイスのため――

もしも事件が表沙汰になれば、国は荒れ、民の怒りは、侯爵家の生き残りであるルイスへと向かう。彼らは間違いなく、父の罪の代償としてルイスの命を望んだだろう。彼らの目の前でルイスの首が地に落ちるまで、決してその怒りが収まることはない。

そして、きっと彼女は知っていたはずだ。

あの日、ルイスが見た血に濡れた廊下の先にある、地獄の深淵を。

故に、幼いルイスが狂気に染まる世界に引きずり込まれないように、ルイスの心をこの美しい世界に押し留めるために、アリシティアはルイスにその光景を見せようとはしなかった。彼女自身がどれ程傷ついたとしても。

ルイスは眠るアリシティアに手を伸ばし、起こさないようにその美しい銀の髪をそっと梳《す》いた。

かつて叔父である王弟は言った。女神の瞳を持つ娘は、女神からその叡智《えいち》や先読みの力を借り受けることができると。そしてその娘たちは、数奇な運命をたどるとも……

初めて出会った日から、アリシティアはルイスの特別だった。誰よりも何よりも愛しくて、何よりも誰よりも、大切にしたかったルイスの最愛。

自分が死ぬ時には、間違いなくアリシティアを道連れにする。たとえ相手が女神であろうと、彼女を奪わせはしない。だけどそれは決してアリシティアに知られてはいけない、とても醜く、狂った感情。

女神に愛された証を持つとても綺麗な女の子。本来であれば、ルイスが触れていいような存在ではない。

――それでも……

「ねぇ、僕はどんなに努力しても、君だけは決して手放せないんだ。だから……僕のこの狂気《こころ》に気づかないままでいて」

ルイスは小さく囁いて、指に絡めた髪にキスをした。

＊＊＊

ふと、意識が浮上した。

気怠《けだる》さの中でうっすらと瞼を開ければ、アリシティアは見覚えのない薄暗い部屋の寝台の上にいた。しかも、なぜかルイスにドレスを脱がされている。

ランプの光に照らされたルイスをぼんやり見ていると、いつにも増して壮絶な色香を含む笑みを浮かべたルイスに、ちゅっと可愛いリップ音と共に唇にキスをされた。

アリシティアの最愛の婚約者は、今日も今日とて、あざとく可愛く顔がいい。

「寒い……」

「部屋はすぐに暖かくなるから大丈夫。その間に湯浴みをして、着替えよう」

自分でするると言おうとしたけれど、なんとなく頭がぼんやりしていて言葉が出てこない。

ふわふわとして、夢と現《うつつ》の狭間をたゆたうような感覚が心地よかった。

「何をしているの？」

「君が怪我をしていないか確かめないとね」

ルイスはアリシティアのドレスを脱がせながら、彼女の体に視線を落とし、手を這わせていく。

「……怪我なんてしてないわ」

ルイスの手が触れるごとに、徐々にアリシティアの体は熱くなっていった。

「でも君はよく強がりを言うから、僕の目で確かめないと。――ねえアリス。あの古城で何があったか全部教えて」

問われて朧気な記憶をたどってみたものの、特別何かあったような気はしなかった。

「別に何も。寒い部屋に連れていかれて、嵐の湖を見て、無理にドレスを着替えさせられて……。

鏡が気持ち悪くて夕食は食べなかったの。その後お姫様のところに行って……、それから……」

「ドレスは誰に着替えさせられたの？」

頑張って思い出しながら説明しているというのに、ルイスがいきなり怒ったような声で、アリシティアの言葉を遮った。

アリシティアはムッとしつつも、素直に答える。

「公子様」

「へえ？　だったらレオも殺さないと。……流石に正面からは無理だよね。やっぱり暗殺、うーん、毒殺がいいかなぁ」

真面目に答えた筈が、ルイスは低い声で意味のわからないことを言う。だが、薬といえば……と、アリシティアはエヴァンジェリンが言っていたことを思い出した。

「その後、お姫様に会った時にね、お姫様に私が夜会でルイスに薬を盛ったって言いがかりをつけられたの。私はそんなこと一度もしたことないのに」

きっとエヴァンジェリンは、自分がルイスに魅了薬とやらを飲ませていたから、アリシティアも同じことをしていると考えたのだろう。本当に失礼な話である。

アリシティアは惚れ薬だの魅了薬だの、もちろん媚薬だって盛ったことはないというのに。そもそも、アリシティアが盛った薬は、一度だってルイスが飲んだことはない。

「君の中では、今まで僕に下剤やワライダケなんかを盛ったことは、なかったことになっている訳？」

「……だって、飲んでくれなかったじゃない」

そう、ルイスが飲まなければ、ノーカンだ。ワライダケのエキスを飲んだのは、ルイスの影である黒髪の少年くらいだし、下剤は、ルイス以外で何度か王弟に盛ったが、それだって一度も成功したためしがない。

ちなみに、その度に無茶な任務に放り込まれている気がするが、継続は力なりだ。次は頑張ろう。

アリシティアがそんなどうでもいい決意をしていると、「それで？」とルイスに続きを促された。

「えっと、お姫様が怒って、伯爵様が来て顎クイされて、それで……。お姫様には、私の結婚相手として、伯爵様を紹介されたの」

「へぇ？」

ルイスの纏《まと》う空気が、一瞬とても重くなった気がした。

「それでね。ルイス様と婚約してるから無理って言ったら、女神様の誓約書を出されて、ルイスとの婚約を解消して頂戴って、お姫様にお願いされたの」

お願いという可愛いものではなかった気もするが……

そういえば、エヴァンジェリンに頰を殴られた場面を、ルイスは見ていないようだった、とアリシティアは気づく。

別に赤く腫れてもいないし、だったらあえて言う必要はないだろう。

「婚約解消？　君はなんと答えたの？」

「なんて？　……死んでも嫌って言った」

多分そんな感じだった筈だとアリシティアが考えていると、刹那《せつな》、ルイスは見た者の心が締め付けられる程に、淡く切ない微笑みを浮かべた。

「君を愛してる。アリシティア」

愛おしそうにアリシティアを見下ろすルイスは、光に溶けてしまいそうな、触れれば消えてしまうような、人ならざる者の美しさで――。アリシティアは視線を奪われた。

もしこれも演技なら、この男は人を誘惑し、堕落させていく悪魔そのものだ。

そんなことを考えているアリシティアの手を自らの口元に持っていったルイスは、彼女の全ての指先にキスを落とした。指先から、手の甲、手のひら、手首へと、唇を這わせていく。

ルイスの柔らかい唇はアリシティアの腕にいくつもの口付けを落とし、最後に彼女の唇に触れるだけのキスをした。

そっと唇を離したルイスは、アリシティアの瞳を覗き込んだ。角度によって、青にも紫にも見える、ルイスのタンザナイトの瞳にアリシティアの心が囚われる。

「……あなたは、ずっとお姫様に恋していたのではないの？」

口に出してしまえば、引き返せない。

それなのに、ずっと聞きたかった言葉が溢れ出してしまう。声が震えた。

アリシティアは、向き合いたくない現実から目をそむけ続け、たった一つの思いに必死に縋《すが》りついていた。

（あなたに幸せになってほしい。だから、二十歳での死を受け入れた。……そう思っていたけれど）

アリシティアはルイスを幸せにするために生きてきた。ルイスの幸せのために、身を引く気だった。

それがどんな形であれ、ルイスがお姫様と幸せになる未来のために――

だけど、全て思い込みだったとしたら？　前世の記憶に引きずられて、小説の中のルイスがそうだったからと。

現実のルイスがお姫様を見つめる瞳に、どんな思いが込められていたのか。目を逸らさずに見たことはあっただろうか？

「僕は君以外を愛したことはない」

ルイスはその甘い相貌に、泣きそうな笑みを浮かべ、アリシティアの頬にキスを落とした。

「だけどあの日、あなたは……」

言葉が途切れた。喉が押しつぶされたように苦しい。

「何？　全部話すよ。君が知りたいこと。だからどうか、君が思っていることを聞かせて」

アリシティアの頬に手のひらを当てたまま、ルイスは夜明け色の瞳を覗き込んだ。

「あなたはあの日、私じゃなくてお姫様に花冠を贈った」

それはルイスの世界から自分の居場所がなくなったと思い知った日のこと。

「あの日？」

「私が十二歳の春に。湖畔の花畑で、あなたはお姫様の前で跪《ひざまず》いて花冠をかぶせていた」

喉に鉛が詰まったように苦しくて、アリシティアの言葉は続かなかった。

彼女が口にしたのは、十二歳の春に見た、キラキラと輝く湖のほとりでの記憶だ。

野の花が咲き誇る場所で、ルイスが物語の王子様のように、お姫様の前に片膝をついて、小さな花々で編んだ花冠をかぶせるのを、ただ遠くから見ていた。

多分ルイスにとっては、何気ない日常に過ぎない日。

「僕は、君以外に花を贈ったことは一度もないよ」

「嘘よ。私、見たもの」

あの日、ルイスに貰った未来への約束は消え去り、アリシティアは世界から拒絶された存在になった。

名前もない、彼の死の間際ですら思い出しても貰えない、設定集にしか出てこないルイスの婚約者に。

「……いつだったか、エヴァンジェリンに彼女が自分で編んだ花冠をかぶせてほしいと言われたことはあった気がする。はっきりとは覚えていない。でも、僕が編んだ花冠ではないし、僕が贈った花ではない」

「だって……」

「花冠で僕がはっきり覚えているのは、君のことだけだ。僕が君から教わって作った、下手くそな花冠をかぶって君は僕に微笑んだ。僕はこれからも春が来る度、君に、君だけに花冠を贈ると約束した。来年はもっと上手くなるからと……」

「だけど、その来年は来なかった」

あの嵐の日、全てが壊れた。あの日、アリシティアはルイスから嫌われ、拒絶された。

「……そうだね、ごめん。だけど僕は君にしか花を贈らないし、君以外は愛せない」

ルイスの言葉に、アリシティアは目を見開いて彼の姿を見上げる。いつの間にか零れ落ちた涙は、ルイスの唇に吸い取られた。

アリシティアはふっと息を吐く。なぜかふいに小さな笑みが零れた。

「私はまた、都合の良い夢を見ているのかしらね？」

「夢？」

アリシティアの言葉を、不思議そうにルイスが繰り返す。

「そう、夢。今の私は青い蝶が見ている夢の中にいて、目覚めた時には、またこの世界から忘れられた、名前のない婚約者に戻ってしまうの……」

いつもそうだ。二人きりになれば、こうやって狂おしい程に愛おしい夢を見る。けれど翌朝目覚めると、また元の、誰からも愛されない寂しい名無しに戻るのだ。

「……青い蝶は、君自身なの？」

「どうなのかしら。わからないわ。だけどきっと夢から覚めた現実の世界では、私はやっぱり名前のない婚約者のままで、私の最愛で最悪の婚約者は、お姫様に恋しているの」

朧気な意識のまま答えるアリシティアの視線の先、ルイスは微笑んでいるのに、どこか泣き出しそうに見えた。

「――何度目覚めても、そんな日は永遠に来ないよ。僕は君と初めて出会った日からずっと、君だけに恋をしているから」

アリシティアはぼんやりとルイスを見つめた。

思考は働かないし、これ以上考えてしまうと、せっかくの心地よい夢から覚めてしまうかもしれない。だから、今は何も考えたくなかった。

ただ、どこかで小さな女の子が、ルイスの名を呼びながら泣いている気がした。

「ねえ、アリス。たとえ夢の中にいても、これだけは覚えておいて。僕は好きでもない人を抱ける程器用ではないんだ」

「それって……」

ふいに浮かんだ問いを口にしようとして、続くはずだった言葉はルイスの唇に奪われてしまった。

呼吸さえも奪い尽くすようなキスを繰り返した後、ルイスはアリシティアから下着さえも取り去り、ブランケットで彼女の体を包み込んだ。

軽々とアリシティアを抱き上げたルイスは、彼女を浴室へと続く暖かな部屋に連れ込む。室内にはいくつもの燭台に明かりがともされ、籐《とう》のカウチが置かれていた。

ルイスはアリシティアの体を籐《とう》のカウチに座らせ、自らが身につけている服を脱ぎ捨てていく。

上半身があらわになり、アリシティアはその体をぼんやりと見つめていた。こんな風にルイスが服を脱いでいく姿を見たのは初めてかもしれない。

「……なんで脱いでるの？」

ルイスの体は圧倒的な美を誇っていた。一応背が高い部類には入るけれど、騎士のような隆々とした筋肉や広い肩幅はない。けれど、影の一人として鍛えられた美しい肢体にはしなやかな筋肉がついていて、トラウザーズだけの姿は腹が立つ程長い足を強調している。

流れるような動作で全ての衣服を脱ぎ捨てたルイスは、アリシティアへと向き直った。

アリシティアの体を包むブランケットを床に落とし、脇の下を掴んで彼女の体を軽々と抱き上げたルイスは、浴室の扉を開いた。中には猫脚の浴槽が置かれ、温かい湯が張られている。

またも子供のように抱かれたことに、アリシティアの中に不満が募る。

いくらアリシティアが低身長でコンパクトなサイズでも、こういう時はお約束として、お姫様抱っこをするべきではないだろうか。

……などと文句を言おうとすると、ルイスは湯気の立つ浴槽のふちにアリシティアを座らせた。

同時に二人の頭上に、温かいシャワーの湯が降り注いでくる。

アリシティアは目の前の光景に思わず息を呑んだ。彼女の前には、水がしたたる前髪を無造作にかきあげる淫魔のような男がいた。髪に絡む指先にさえ過剰すぎる色気を纏《まと》っている。

ぼんやりとしたままに、上目遣いでルイスを見つめていると、ルイスの手が伸びてきた。ルイスはアリシティアの顔に張り付く髪を耳にかけ、頭から額、瞼へとキスを落としながら耳元に濡れた唇を寄せた。

「大好きだよ。夢でも現実でも、僕は君だけを愛している」

鼓膜に直接触れるような甘い囁きに、アリシティアの全身が震える。ルイスはアリシティアの耳の輪郭を舐め上げて、唇を首筋から鎖骨、胸元へと落としていく。

「もっと……言って」

「愛してるよ、アリシティア。初めて会った日から、僕の心はずっと君に囚われたままだ」

囁きながら胸まで下りてきた唇は、彼女の胸の頂きを口に含み、硬く存在を主張する薔薇色の突起に歯を立てた。

ふいに与えられた強い刺激に、アリシティアは喘ぎ声を漏らし、唇から逃れるようにその背を反《そ》らす。だが力強い腕に囚われ、逃げることは許されなかった。

「ん、ああっ……」

ルイスの舌が、アリシティアの胸の先の小さな突起を舐め転がし、興奮を生み出すように愛撫していく。

その度にアリシティアの体は反応し、熱に包まれていった。下腹部で欲望が目を覚まし、無意識にお腹の奥に力が入る。

アリシティアの全身が性感帯のように敏感になった頃、アリシティアの前に跪《ひざまず》くルイスの熱塊が、硬さをもって上向いていることに気づいた。

自分だけが彼に翻弄されていることになんとなく不満を感じ、アリシティアはルイスの足の間にそっと手を伸ばし、その熱を撫で上げた。

「んっ」

ルイスの体がわずかに震え、撫で上げた彼の欲望がぴくりと反応する。アリシティアの口角が無意識に上がった。けれどすぐにその手はルイスに捕らえられて、彼の口元に持っていかれてしまう。

「悪い子だね。悪戯しないで」

くすりと妖艶に笑ったルイスが、アリシティアの手を握ったまま、その指先を舐める。その仕草はとても淫靡で、濡れた彼の唇は今すぐにでも舌を絡めたい程艶めかしく、アリシティアの中の色欲を刺激した。

ゾクリとした快楽が背筋に走り、アリシティアは内側から蜜が溢れるのを自覚する。

思考さえも奪い尽くすようなキスをしながら、今度はルイスがアリシティアの足の間へと手を伸ばした。そこはぐっしょりと濡れていて、彼の指先を簡単に内側へと受け入れた。

角度を変えながら何度も口付けられ、アリシティアの唇からは甘い吐息が漏れる。

互いの唇が離れた時、浴室内にはシャワーの音と、二人の荒い呼吸だけが響いていた。

ルイスの背筋を滑るアリシティアの指先が、彼女の情欲を伝えてきた。

アリシティアに触れられた部分が敏感に熱を感じ取り、ルイスの下腹にさらなる疼《うず》きが生まれる。集まった熱が拍動した。

ルイスはアリシティアの足の間に体を割り込ませ、彼女の胸から腹部へと紅い痕を刻みながら、キスの雨を降らせる。その間も、彼の指は彼女の最も感じる部分を中心に、刺激を与え続けた。

「んっ。エル、……気持ち、いい」

ふいにルイスの息が、アリシティアの下腹部に当たった。

瞬間、ルイスの行動の先を読んだアリシティアは、足を閉じようとする。だが、ルイスはアリシティアの両足を持ち、そのまま広げた。

「もっと気持ちよくしてあげる」

「……あっ、でも。そこは、だめ……」

抵抗を試みるアリシティアの姿にルイスが微笑む。彼女の混乱の表情すらも、とてつもなく愛おしい。

「嫌？　アリス。どうしてもだめ？」

ルイスは意識して甘い声で問い、アリシティアを見上げる。しばらくの沈黙の後で、アリシティアがわずかに眉間を寄せた。

「どうしても……って訳では、ただ……」

「ねえ、お願い、アリス」

昔も今も、アリシティアはルイスのお願いに弱い。それをルイスは十二分に理解している。

戸惑ったものの、小さく頷いた彼女を見て、ルイスは広がった両足の間に頭部を滑り込ませた。

彼女の体から次々と湧き出る蜜を絡め取り、親指で弄《もてあそ》んでいた最も敏感な突起に舌を伸ばして、舐め上げる。

「ああっ……」

ルイスが与えた快楽にアリシティアの体は大きく震えた。ルイスは彼女の中に埋める指を三本に増やし、無造作にかき混ぜ、舌先で普段よりほんの少し大きくなった花芯をこねて、吸い付く。

指を動かしくちゅりと淫猥な音を響かせれば、アリシティアは「あっ」と、甘い吐息を零した。

ほんの少し悪戯するように、彼女の赤く色づいた敏感な花芯に軽く歯を立てる。瞬間、一際大きな嬌声を響かせ、痛みにも似た甘美な刺激に、アリシティアの体が跳ねた。

「あっ、……いい」

ルイスは彼女の花芯を甘噛みしながら、膣内の最も感じる部分をキュッと押し、指を立てて刺激する。

アリシティアの唇から零れる甘い声が、抑えきれなくなったように、だんだん大きくなっていく。

「エル……もっと」

過ぎた快楽に意識を朦朧《もうろう》とさせながらも、アリシティアの腰が揺れた。濡れた髪は肌に張り付き、男の理想を具現化したような、彼女の蠱惑的な体の曲線を強調する。吐息を漏らす唇は濡れ、その姿がさらなるルイスの情欲を誘った。

瞬間、ルイスの体がぴくりと跳ねる。

「――あぶなっ！　イくかと思った。……本当、素直なアリスは可愛すぎて危険だ」

独り言のように呟きながら、ルイスはアリシティアの内から指を引き抜いた。

その刺激にアリシティアの腰がぐっと浮き上がる。指を引き抜いたところは赤く濡れて、誘うようにヒクヒクと蠢《うごめ》いていた。

グズグズに溶けて溢れ出した蜜をルイスは一息に舐め取り、彼女の膣襞を押し広げ、ずぶりと舌を差し入れる。待ち構えていたように、浴槽のふちをつかみ腰を浮かせたアリシティアの膣内が、彼を迎え入れた。

「んああ、あああぁぁ！」

快楽が一気に全身を駆け抜けた衝撃に、アリシティアは悲鳴にも似た叫び声を上げる。

舌を差し入れた内壁が、それを捉えるようにぎゅっと締めつけ、細い腰がさらに大きく跳ねた。

内壁を蹂躙《じゅうりん》すると、喘ぎ声が泣き声に変わっていく。強すぎる快楽は、毒のようなものかもしれない。

浴室内には水音と、蕩けるように甘いすすり泣きが響いた。

何度も舌で膣の内を抜き差しされ、やがて、耐えきれなくなったアリシティアが、ルイスに懇願した。

「エル、も……無理。お願い、奥までほしいの。来て……」

ルイスの体がびくりと震えた。アリシティアの内側から舌を引き抜いたルイスは、濡れた唇の蜜を妖艶に舌先で舐め取った。

(やっぱり、この男は淫魔だわ)

ルイスの淫靡すぎる仕草に、アリシティアは呆然とその姿を見つめるしかなかった。

体を起こしたルイスを見上げる熱を持ったアリシティアの眼差しに、ルイスはぞくりと期待が腰から背中に抜けるのを感じた。

彼の膨張した屹立が腹につく程に持ち上がり、先端からは透明な液が滲み出て、この先の行為に期待し、震えている。

「僕もアリスがほしい」

その言葉と共に、ルイスはアリシティアを、浴槽のふちから立ち上がらせた。

壁に両手をつかせ、後ろからアリシティアを抱きしめるように、彼は硬く限界まで張り詰めた屹立を濡れた割れ目に押し付ける。

何度も擦りつけて、アリシティアの内側から溢れ出した蜜を纏《まと》わせ、そして、熱を孕んだ硬い楔を、一気に埋め込んだ。

瞬間、アリシティアの唇から、一際高い嬌声が溢れた。

快楽に蕩けきり、今にも崩れ落ちそうなアリシティアの体を支え、ルイスは後ろから彼女の頬にキスをする。そして、浅く深く、時には膣壁を捏ねるように、何度も腰を突き上げた。

アリシティアが、甘く切なげな吐息を漏らす。

それが堪らなくて、ルイスは破裂しそうな欲望を抑えるため、長く細い息を吐き出した。それでも我慢しきれず、押し込んだ物を馴染ませるように、ぐりぐりと最奥を刺激する。

「あ、それ、いやぁ……エルっ！」

アリシティアの口から零れる小さな抵抗の言葉とは裏腹に、艶のある甘い声にはねだるような響きがある。

「嫌なの？　やめてほしい？　抜こうか？」

答えがわかっていても、ルイスはあえて甘やかな声で彼女に問う。無論、ここで嫌だと言われてもやめられそうにはないのだが。

「……あ、やだ。やめちゃ、だめ」

快楽に蕩けた思考のまま、無意識に零れ落ちるアリシティアの答えに、ルイスは口角を上げた。

与えられる過剰な快楽を逃がそうと左右に振る頭を押さえ、彼は片手でアリシティアの顔を横に向かせ、後ろから噛みつくような深いキスをした。

舌を絡めながら細い腰を掴み、熱の塊を奥深くまで押し付けて、ゆっくりとかき回す。

その度に、呻きにも似た甘い喘ぎが、彼女の喉から漏れ聞こえた。

「なら、もっともっと一緒に、気持ちいいことをしよう」

アリシティアの耳たぶを舐めあげたルイスは、アリシティアの中を蹂躙《じゅうりん》していた自身の欲望を一気に抜き去った。

「えっ……？」

アリシティアが困惑したように、上半身を捩ってルイスを見上げる。

そんな彼女に微笑みかけたルイスは、彼女の体を正面に向かせて、壁にもたれさせた。彼女の右足を腕で持ち上げ、大きく開かせた足の間に、再び熱い屹立の先端を当てる。

「どうしてほしい？　君がしてほしいことを言って」

さも、アリシティアの意見を優先しているかのようだが、実際にはただの嗜虐心《しぎゃくしん》だ。

「あ、お願い、入れて、ほしいの」

「わかった」

ルイスは口角を上げ、一気に彼の欲望を最奥まで打ちつけた。

アリシティアのつま先が浮き上がる。腰を揺り動かされ、背筋が反《そ》り返る。

「ああぁっ――」

悲鳴とも喘ぎともつかないような声が、浴室内に響く。

わざと腰を大きく動かし奥を刺激すると、アリシティアの両手がルイスの背に縋《すが》りつき、自ら唇でルイスのキスを求めた。

ルイスは何度も熱杭を抽送し、彼女が感じるところを探す。

荒い息を吐き、快楽を貪りながら、右手で互いに繋がった部分の少し上、彼女の最も感じるところを探し、指先でなぞる。

瞬間、ルイスの熱を受け入れたアリシティアの内壁が、強く収縮した。

「はっ、大好きだよ」

ルイスの声が重なった唇から零れる。

ただでさえ目一杯膨張しているそこに、さらなる熱が集まり、突き入れた熱の塊がびくびくと拍動した。

ルイスは息をゆっくりと吐き出し、必死に脳を侵す快楽を逃がす。

わずかに唇が離れた時、アリシティアからもたらされた懇願は激しい快楽へと変わり、ルイスの思考は狂いそうになる。

「エル……。あっ、もっと」

今すぐにでも彼女の最奥に白濁を吐き出したい。それでも、精一杯の虚勢を張った。

アリシティアの内側を細やかに突きながら、彼女の耳に唇を近づけ、砂糖を煮詰めたような甘ったるい声で問う。

「……ねえ、気持ちいい？　痛くない？」

「ん。きもち、い……。エル、好き」

アリシティアの返答に、ルイスの胸は張り裂けそうな程に痛んだ。

それはずっとほしくてやまなかった、アリシティアの心の声。それが情事の中で無意識に出た言葉だとしても。

「お願い、アリス。もう一度言って」

「ん……、好き、大好きなの、エル。だからもう……」

「ああ。僕も大好きだよ。ずっと君を、君だけを愛している。君しか要らない」

ルイスはアリシティアの足を下ろしてかき抱き、深くねっとりと口付ける。歯列の裏を撫で口蓋を刺激し、舌を絡め合う。腰を突き上げるたびにアリシティアの体は浮き上がり、わずかに離れた口元からは甘い声が漏れ出る。

互いの隙間を全て埋めるように抱き合い、熱ともたらされる快楽に、思考も体も溶けていく。混ざり合った体液は溢れ出し、アリシティアの太ももを伝う。

ルイスは激しい息遣いのまま何度も肌を打ち付け、快楽を貪っていく。

やがてアリシティアは悲鳴にも似た嬌声を上げ、屹立を包み込んだ彼女の内壁がきつく痙攣した。

その急激な刺激にルイスの頭の中が真っ白になる。

「くっ！」

ルイスは軽く呻き、強くかき抱いたアリシティアの体内へと、欲望のままに白濁を吐き出した。

浴室内で散々体を重ねた後、ルイスはなぜか顎先を中心にアリシティアの全身を隅々まで洗い上げた。

その後、再び寝室へとアリシティアを抱き上げて運び込み、彼女を寝台の上に横たえる。そして、その体の上に覆いかぶさった。

アリシティアはすでに疲労困憊であるというのに。

「ねえ、もう少しだけ僕に付き合って」

ルイスはアリシティアの柔らかな唇を食むようについばみ、隙間なく唇を重ねた。右手でアリシティアの腰を撫でながら、彼女の下唇に軽く歯を立て、舌先で唇をなぞる。

その動きに答えるようにアリシティアの唇が開くと、ルイスは隙間から舌を滑り込ませ、舌を絡めた。

アリシティアの中に流れ込んだ二人の唾液が混ざり合い、彼女はそれを躊躇《ためら》いなく飲み込む。けれども飲み込みきれなかった一筋の唾液が、アリシティアの頬を伝い、ルイスはそれを自身の舌先で舐め取った。

「はぁ……。可愛い」

アリシティアは無意識のうちに、縋《すが》りつくようにルイスの背中に手を回し、爪を立てる。

「エル……」

「ねえ、大好きだよ。ずっと君だけが。だから夢だと思わないで……」

頬や鼻先にキスを落としながら、ルイスは熱を帯びた目でアリシティアを見下ろした。

アリシティアがルイスの唇を細い指先でなぞると、ルイスはその手を掴み、彼女の指先に甘く歯を立てる。そんな些細な仕草までもが、壮絶な色気を醸し出していた。

「んっ……」

鼻から抜けるようなアリシティアの吐息が、ルイスの耳朶をくすぐる。瞬間、ぞくりとした快感が彼の背筋を駆け抜けた。先程出したばかりだというのに、血液が一ヶ所に集中し、欲望の熱塊は痛い程に膨張していく。

ルイスはリップ音をさせながら、アリシティアの肩へと唇を滑らせた。鎖骨にキスを落とし、何度か強く吸った後、その唇は胸へと下りていく。

いつの間にかお互いの手が重なり、無意識のまま指を絡ませ合っていた。

ルイスはアリシティアの足の間に膝を割り入れ、しっとりと濡れた割れ目に、熱を持った欲望を擦りつけるように押しつけた。

「はぁ……、ああっ！」

それだけでも、アリシティアの体は快楽に狂っているのに、さらには彼女の横になってもなお大きさを失わない胸を揉んでいたルイスの手が、彼女の足の間に伸び、敏感な突起をつまんだ。

ルイスの指が花芯を捏ねるように弄《もてあそ》ぶと、アリシティアは先程達したばかりだというのに、体の奥がルイスから与えられる熱を求め出した。

「エル……エル」

ルイスの唇はアリシティアの柔らかな膨らみにキスを落とし、甘い痛みと共に赤い痕を残した。

そのまま硬さを持った胸の先端を口に含み、舌を這わせて転がすように押し付ける。

ルイスに甘く噛まれて、アリシティアの体は小さく跳ねた。彼女は体を捻って強すぎる刺激から逃がれようと、必死に浅い呼吸を繰り返していた。

「ああ、もう、本当に可愛い……。少しでも気を抜くと、暴走しそう」

小さく呟いたルイスは熱い吐息を漏らして、再びアリシティアの唇に角度を変えながら何度もキスを落とす。

「ねえ、僕を見て？」

欲情に染まったルイスの言葉に、アリシティアは涙の浮かぶ目を向ける。瞼に唇が触れた。

ルイスはアリシティアの目尻から零れた涙を口に含み、頬に鼻先にとキスを落としながら、唇にたどり着き、噛み付くように口付けた。

体内ではルイスの指に蹂躙《じゅうりん》され、もどかしさに蠢《うごめ》く内壁が、何かを探すように動く指を締め上げる。

さらに指を増やされ、同時に少し硬さを増した小さな芽がグッと押された。アリシティアの喉から漏れた悲鳴は、そのまま貪るような口付けに吸い込まれていく。

「あっ、エル、もう……むりっ」

ほんの少し唇が離れた隙に、アリシティアが掠れた声で呟いた。

「僕がほしい？」

ルイスは問いながら、痙攣《けいれん》するようにひくつく内側に差し入れた三本の指で、内壁をぐるりとなぞった。

淫靡な水音は絶えず響き、必死に指を締め付けるが、指から与えられる快楽では、アリシティアは満足できなくなっていた。

「ほし……いの、お願い」

懇願するような、甘えるような声に、体内に埋め込まれた指が一気に引き抜かれた。

「いいよ、僕の全部をあげる」

ルイスは蕩けるような目でアリシティアを見つめた。

アリシティアが荒い息を零しつつもぼんやりとしていると、投げ出されていた足が開かれ、折り曲げられる。

開かれた足の間にルイスの熱塊を感じ、彼女は小さく身震いした。

硬く、欲望に満ちた屹立が、彼女の柔らかな内襞を擦り上げながら、ゆっくりと内側に侵入する。

「あああっ！」

短い悲鳴を上げるアリシティアに、宥めるような優しいキスを落とし、ルイスは自身の熱で彼女の最奥を穿《うが》った。

「はあっ……、アリス……、締めすぎだから」

ルイスの言葉にアリシティアは声にならない声を漏らしながら、首を左右に振る。

アリシティアの体は、内に誘い込んだルイスの屹立を逃がさないように、無意識のままにきつく締め上げる。

「くっ……」

ルイスは喉を絞められたように、一瞬息を呑んだ。体を起こし、彼の熱で快楽に蕩けるアリシティアを見下ろす。

ルイスの美しい顔からは汗が滴り、その汗はアリシティアの胸に落ちて、なだらかな丸みに沿って流れていく。その感覚に、アリシティアの腰から背中へと、ぞくりとした快楽が駆け抜けた。

何度も膣壁を硬く熱い欲望で擦りあげられ、掻き回すように奥を抉られる。

室内には、淫猥な水音が絶えず響いていた。

やがて声にならない絶叫を上げ、アリシティアはルイスの欲望を強く締め上げながら達した。

「ア、リス……」

同時に、ルイスは歯を食いしばり、腰をギリギリまで引き抜く。だが、絡みついてくる内襞に擦られ、その刺激に頂点に押し上げられそうになる。

小さく息を吐き出して、蠢《うごめ》くように痙攣《けいれん》する内側を勢いよく穿《うが》った。

アリシティアの体は仰《の》け反《ぞ》り、浮いた腰に腕を回したルイスは、その柔らかな体を引き寄せ、繋がった場所がより深くなるように角度を変えた。

「も、だめ。お願い、イッて……」

アリシティアは掠れた声で懇願する。

「ごめん、アリス。もう少しだけ、君を感じさせて」

未だにガクガクとアリシティアの体は震え、体内をかき回すルイスの熱から逃れようともがく。けれど腰を捉えた腕からは逃げられず、そのままより深いところを何度も何度も深く突き上げられて、アリシティアは再び強い波に囚われていく。

涙と、多分唾液さえも流れ出て、嬌声を上げ、悶えながら、アリシティアは与えられる過剰な快楽に脳を侵食された。

ルイスの屹立が何度も子宮の入り口をこじ開けるように捩じ込まれる。そして、彼の熱が大きく膨れ上がり、爆《は》ぜた。同時にアリシティアの中も、再び大きく痙攣《けいれん》する。

何度かに分けて注ぎ込まれる白濁に、子宮を埋め尽くされていく。

アリシティアは薄れゆく意識の中、目を閉じて、彼女の体を抱き寄せる優しい腕に身を任せた。

＊＊＊

嵐の翌日。

大気は限りなく澄み、木立の間を爽やかな風が吹き抜けていく。木々の葉から零れ落ちた小さな水滴は、キラキラと陽光を反射していた。

わずかに湿気を含む風に、アリシティアの青紫色を帯びた銀糸の髪が揺れる。

未だ雨に濡れた石畳を歩き、アリシティアは青い蝶が舞う美しい庭園に出た。

かつて王弟の庭園だったそこは、今は王太子であるアルフレードの許可を得た者だけが、自由に出入りすることを許された場所となっている。

落ち葉を踏みながら奥へと進むと、神々の宮の湖に咲くと言われる蓮に似た花が咲き誇る池のほとりに、アリシティアの捜し人はいた。

「お待たせしました、閣下」

アリシティアの声に、池の中の花々を眺めていたルイスが振り返る。瞬間、彼のその姿に、初めて出会った時の幼いルイスの面影が重なった。

アリシティアはかつて、この色鮮やかな庭園で、幼いルイスと出会った。

一片の曇りもない笑顔を浮かべた、美しく、人懐っこい猫のような少年。

あの時どんなことをしても守りたいと思った、アリシティアの、狂おしい程に愛おしい存在。

「ほとんど待ってないから大丈夫だよ」

「お姫様はどうなりましたか？」

「療養という名目で、北の離宮への幽閉が決まった。今度ばかりは、王妃の実家も文句は言えないだろう。事が事だからね。ただ……」

「ただ？」

淡々としたルイスの返答に、アリシティアが息を呑んだ。

「王位継承権は剥奪されなかったから、一生という訳ではない。被害にあった令嬢の家からも、できる限り大事にしないでほしいという意見が出ている」

「そう……ですか」

アリシティアはほっと安堵のため息を吐く。ルイスから見えないようにうつむき、零れそうになる涙を必死に堪えた。

それでも来年の建国祭までに、エヴァンジェリンが離宮から出てくることはないだろう。

(だとすれば小説のように、ルイスが神殿でお姫様を庇って殺されることはない)

――これでルイスの未来が変わる。

結局今度も、あの嵐の日と同様に、アリシティアは何もできなかった。それでも確かに未来は変わったのだ。

うつむいたアリシティアの頬を、温かい手のひらがそっと撫でた。

「泣かないで、アリス」

「……泣いていません」

アリシティアが小さな声でそう言うと、ルイスはなぜか困ったように微笑んだ。

「愛しているよ、アリシティア。ようやく、君と一緒にいられる」

ルイスがアリシティアを守るために、エヴァンジェリンのそばにいたことはわかった。

彼女の、いや、王妃の実家が持つ権力は大きすぎて、簡単には彼女をどうこうできなかったことも。

けれど、それを聞いてもなお、納得できないことも、怒りたいことも山のようにある気がした。

何よりも……

「ねぇ、エル。あなたはあの嵐の日から、ずっと私を嫌って……憎んでいたんじゃなかったの？」

アリシティアの目前で、ルイスの表情が苦しげに歪んだ。

「僕は君を嫌ったことなんて一度もない。……本当にごめん。あの時の僕はどうかしていた。アリスを嫌いになんてならない。なる訳ない。ただ目の前にいた君に、全ての悲しみと怒りをぶつけた。君がどんなに僕を受け入れて、全てを許してくれていたとしても、君が傷つかない訳ないのに……」

「だけどあなたは、あの嵐の日から八年間、一度も私を見てはくれなかった」

アリシティアの視界が霞んだ。声がくぐもる。その時初めて、ルイスに抱きしめられ、顔を胸に押し当てられていると気づいた。

「あの時、正気に戻った後、僕は君に会いに行こうとした。だけど許されなかった。僕は君と婚約する時に、陛下と約束していたから。何があっても絶対に君を傷つけないと。なのに僕はそれを反故《ほご》にした。だから君から引き離されたんだ」

「え？」

唐突に告げられた真実に、アリシティアは小さな声を零した。

「僕は、自分の感情をコントロールできるようになるまで君との交流を禁じられた。もしもその約束を破れば、今度こそ君との婚約を解消すると言われた。だから必死で約束を守っていたんだ」

ルイスは苦しげに告白した。アリシティアは数度瞬きし、返す言葉を失った。

あの時のルイスはまだ十一歳だった。両親の死に取り乱すなと言う方がどうかしている。

けれど、ルイスの言うことが本当なら、彼自身の選択でアリシティアを捨てた訳ではないということか。

「だったら……、だったらどうして教えてくれなかったの？」

あの時のアリシティアは、ルイスを失い、母を亡くし、父に捨てられた。毎夜寝台で小さくなって泣いていた、昔の自分を思う。何度も何度も愛しい名前を呼んだ。

(――エル、お願い、嫌わないで。お願い、私を見て)

ただそれだけを願っていた。だけど、ルイスの瞳はいつも『お姫様』に向けられていた。

涙が溢れた。けれどその涙はルイスの服に吸い込まれていく。アリシティアを抱きしめるルイスの腕に、力がこもった。

「本当にごめん。言い訳にしかならないけど、叔父上に口止めされていたんだ」

ルイスはアリシティアの髪に指を差し入れ、その頭に唇を押し当てた。

「……たとえそうだとしても。いきなりあなたから引き離された、私の気持ちはどうなるの？」

ルイスを思って泣いていた、幼い日のアリシティアの気持ちはどうなるのか。

「ああ。叔父上は別として、陛下は君がすぐにでも僕との婚約を解消すると言い出すと思っていたらしい。僕が一方的にアリスにつきまとっているだけだと思われていたみたいだ。だからもし君が陛下に願えば、すぐにでも婚約は解消されるはずだった」

「ええ？　宗教的な政略結婚だから、婚約の解消自体が、無理なのでは？」

アリシティアの声が、ほんの少し低くなる。涙は一瞬で消え去った。

自分の体を抱きしめているルイスの胸を両手で押しやり、アリシティアは目を見開いて彼の顔を見上げる。だが、目が合った瞬間、ルイスは顔をそむけた。

「まさか、全部嘘なんですか？」

「嘘ではない。ただ、王家の傍系は僕以外にもいくらでもいる訳で……。でも、僕以外とアリスが婚約するとか、絶対に無理」

「無理って……」

まるで駄々を捏ねる子供のようだと思った。思わず呆気にとられてしまう。

けれど、その独占欲がなんだか心地よい。

それを自覚すると、さっきまでは泣いていたのに、唐突に笑いが込み上げてきた。

「エル、あなた私との婚約を解消したくなかったのに、今まであんなに意地悪だったの？」

「それはアリスが、知らないうちに叔父上の部下なんかになっているし、目を離すとすぐにふらふらするし、勝手に何回も誘拐されるし、あの闇オークションの日だって、ノルが『アリアリが売られちゃうけどいいの～』とかって連絡よこすし。いい訳がないだろって」

拗ねた子供のようなルイスに、アリシティアはおかしくてついにクスクスと笑い出してしまった。

「なんで笑うの？」

「ねえ、エル。大好きよ」

突然のアリシティアの告白に、ルイスは驚いたように目を見開いた。

「どうして驚くの？」

「えっと、いや、なんとなく？　じゃあ、もう王家の影なんてやめてくれる？」

「やめない」

「なんで？」

ルイスの咄嗟の問いに、アリシティアは更に笑った。

なんでと言われても、やめる訳にはいかないのだ。

物語の『ヒロイン』がここで退場したとしても、アリシティアの知る『青い蝶が見る夢』の世界では、ヒロインと関係のない事件もこの先起こっていく。

わからないこともたくさんある。

箱入りのお姫様が、どうやって闇オークションや人身売買組織と繋がっていたのか。

物語の中でエヴァンジェリンが狙われた、本当の令嬢誘拐事件も解決していない。

何よりも、アリシティアは自らの死亡フラグをへし折って、物語のクライマックスである王太子暗殺事件を阻止しないといけないのだから。

それでも、なんとなくではあるが、ルイスがそばにいてくれるなら物語の世界の先に進める気がした。

「だって、私が王家の影でも、ただの女の子でも、あなたはずっと守ってくれるのでしょう？」

「そんなの、当たり前のことだよ」

ルイスは色鮮やかな世界で微笑むアリシティアを、強く抱きしめた。


かつて王弟は言った。

女神の瞳を持つ娘は、女神からその叡智《えいち》や先読みの力を借り受けることができると。そしてその娘たちは、数奇な運命をたどるとも……

だからこそ、王家の影になったアリシティアを守るため、より多くの力を得るため、幼い日のルイスは王弟から影の騎士団を受け継ぐと決めた。

「愛している、アリシティア。この先何があっても、僕は絶対に君を守るから」

ルイスの言葉は、まるで誓いのようで、アリシティアの心に真っ直ぐに届いた。

きっとこの先も、アリシティアは平穏とは程遠い人生を歩むのだろう。

それでも、誰にはばかることなく抱きしめてくれる大切な人がいる。

幼い日と同じように、大好きだと、愛していると言いながらキスをしてくれる愛しい人がいる。

きっとそれだけで大丈夫なのだ。

「大好きよ、エル」

アリシティアは両手をルイスの背に回す。最愛の婚約者の温もりに身を寄せて、その胸に頬を当てた。

嵐の名残の風が吹き抜け、庭園の木々をキラキラと輝かせる。

アリシティアの視線の先では、一匹の蝶がひらりと舞い上がり、抜けるような青い空へと吸い込まれていった。

濃密ラブファンタジー

ノーチェブックス

Noche BOOKS

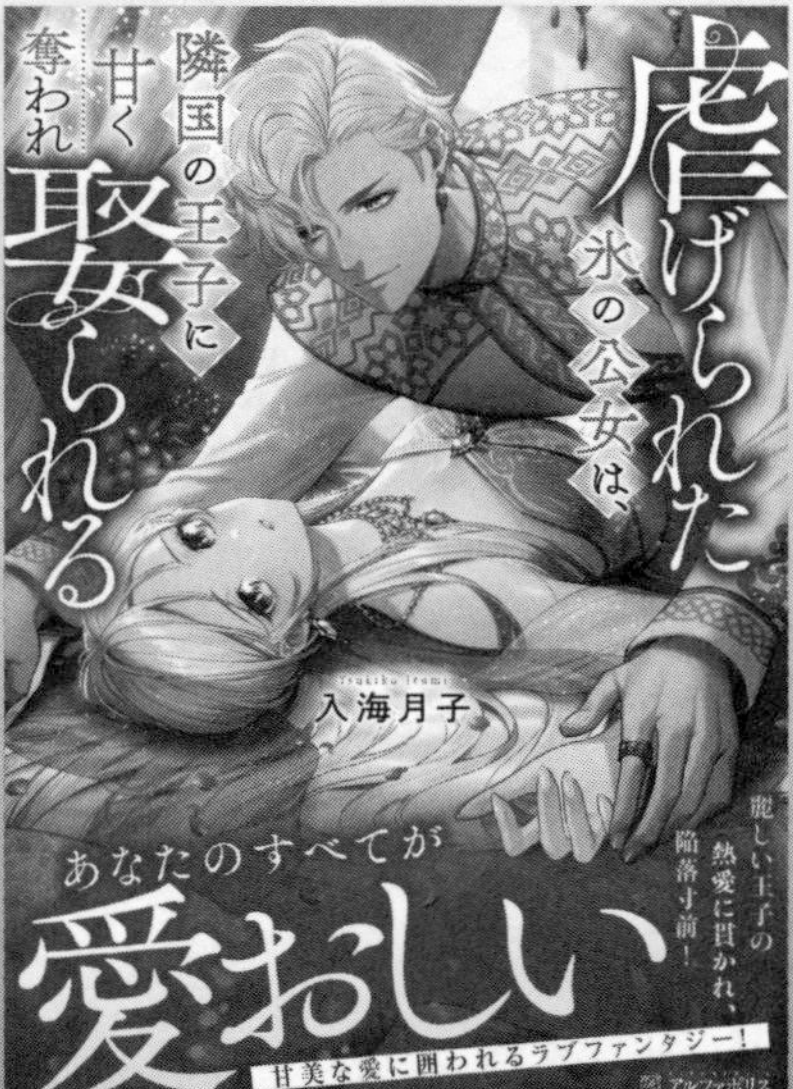

異国の王子様に娶られる濃密ラブ♡

虐げられた氷の公女は、隣国の王子に甘く奪われ娶られる

入海月子

イラスト：kuren

放蕩王太子の婚約者だが、蔑ろにされている公爵令嬢シャレード。王太子にかわって隣国の王子ラルサスをもてなすうちに、「あなたを娶りたい」と彼に迫られるように!?　その言葉を嬉しく思いながらも、叶わぬ恋だと思っていたら、王太子の起こしたある問題をきっかけに、彼と体を重ねることになって……。隣国の王子の溺愛に陥落寸前!?

詳しくは公式サイトにてご確認ください

https://noche.alphapolis.co.jp/

濃蜜ラブファンタジー

ノーチェブックス

Noche BOOKS

「ご奉仕」って
なんですか!?

ドS騎士団長の
ご奉仕メイドに
任命されましたが、
私××なんですけど!?

yori
イラスト：秋吉ハル

王宮メイドになったエミリアの配属先はなんと騎士団長の専属ご奉仕メイド!?　しかも騎士団長は、これまでのメイドたちが皆怯えて逃げてしまうほどの立派なモノをお持ちらしい。「そもそもご奉仕って何をするの?」状態だけど、お給料のために頑張ります!　しかしご奉仕するはずが、ドSな彼に容赦なくたっぷり手ほどきされて……

詳しくは公式サイトにてご確認ください
https://noche.alphapolis.co.jp/

携帯サイトはこちらから!▶

この作品に対する皆様のご意見・ご感想をお待ちしております。

おハガキ・お手紙は以下の宛先にお送りください。

【宛先】

〒150-6019 東京都渋谷区恵比寿4-20-3 恵比寿ｶﾞｰﾃﾞﾝﾌﾟﾚｲｽﾀﾜｰ 19F
(株) アルファポリス　書籍感想係

メールフォームでのご意見・ご感想は右のＱＲコードから、
あるいは以下のワードで検索をかけてください。

アルファポリス　書籍の感想　検索

ご感想はこちらから

本書は、「アルファポリス」(https://www.alphapolis.co.jp/) に掲載されていたものを、
改題、改稿、加筆のうえ、書籍化したものです。

余命一年《よめいいちねん》の転生《てんせい》モブ令嬢《れいじょう》のはずが、
美貌《びぼう》の侯爵様《こうしゃくさま》の執愛《しゅうあい》に捕《と》らわれています

つゆり花燈 (つゆり かほ)

2024年 2月 25日初版発行

編集－徳井文香・森 順子
編集長－倉持真理
発行者－梶本雄介
発行所－株式会社アルファポリス
〒150-6019 東京都渋谷区恵比寿4-20-3 恵比寿ｶﾞｰﾃﾞﾝﾌﾟﾚｲｽﾀﾜｰ19F
TEL 03-6277-1601 (営業) 03-6277-1602 (編集)
URL https://www.alphapolis.co.jp/
発売元－株式会社星雲社 (共同出版社・流通責任出版社)
〒112-0005 東京都文京区水道1-3-30
TEL 03-3868-3275
装丁イラスト－氷堂れん
装丁デザイン－AFTERGLOW
(レーベルフォーマットデザイン－團 夢見 (imagejack))
印刷－中央精版印刷株式会社

価格はカバーに表示されてあります。

落丁乱丁の場合はアルファポリスまでご連絡ください。

送料は小社負担でお取り替えします。


ISBN978-4-434-33459-7 C0093